Als die Sprache noch stumm war

Alfred Paul Schmidt

Als die Sprache noch stumm war

Prosa

Europaverlag

Lektorat Lieselotte Urbach

Umschlag von Georg Schmid

Printed in Austria
Druck Luigard Wien
ISBN 3-203-50516-9

Dieses Buch ist Dizzy Gillespie gewidmet, der ständig wie Roy Eldrigde zu spielen versuchte, aber schließlich The One And Only Mr. Dizzy Gillespie wurde.

PRAEFAECES

Der Titel dieses Buches will das Bild eines wild um sich gestikulierenden Taubstummen insinuieren, den aber trotz atemloser Anstrengung die Umwelt nur höchst vage versteht. Dieser Taubstumme ist die Sprache, der eigentliche Held des Buches. In diesem Buch wird nicht gesagt, daß alles sinnlos sei, sondern die Meinung zur Diskussion aufbereitet, daß alles, was über Sprache unter dem Anspruch exakter Mitteilung kommuniziert wird, am Rande der Sinnlosigkeit und Unverständlichkeit herumtanzt, sich aber diese Grenzsituation mittels einer Sprache, die ständig in die Diskommunikation überzukippen droht, ganz gut mitteilen läßt. Dafür ist das Vehikel des absurden Witzes, das sich durch pausenlose Anwendung zur Parabel dieser absurden Position der Sprache mausert, der nötige Kleister, der den Leser bei der Stange hält. Daß aus dem Buch eine verbindliche oppositionelle Haltung, die ohne weiters politisch zu verstehen ist, herausgelesen werden kann, ergibt sich aus der bedrängten Lage der Sprache beziehungsweise ihrer Überbürdung. Der eventuelle Wunsch, die vorliegende Konfabulation als holistische Struktur zu sehen, empfiehlt die Installierung der literarischen Gattung „Buch“ anzuregen. Falls der Leser zu ähnlichen oder anderen oder gar keinen Überlegungen gelangen sollte, freut das Ihren sehr ergebenen

Alfred Paul Schmidt

Graz, Frühjahr 1973

Anyjoe that sees a plot
in the past is going shot
(Huck Finn)

Gerne ging ich nicht den Weg des Verderbens, aber wegen echter Zuneigung meinem Schicksale fügte ich mich dem Unvermeidlichen und begab mich solong nach Italien. Die Streiks berührten mich nicht; ich gründete ein Spionageunternehmen. Mit einem fleißigen Staatsmann, dessen Namen ich, da es sich eisern um Geheimspionage handelt, behutsam zurückhalte, traf ich Vereinbarung, ihm alljährlich in stiller Zeit meine espionierten Geheimnisse in Form eines Derwisch-Breviers mit kamoufliertem Umschlag zu unterbreiten. Zu diesem Zweck fuhr ich nach Kairo. Ein gewisser Prozentsatz meiner Information, so war mir vertragsvertraulich in die Hand geschworen, wurde mir auf der Stelle geglaubt und aliquot dazu wurde ich stante pede entlohnt. Dem Rest meiner gezielten Kundgebungen wurde eine sowohl in Tiefen als in Höhen seltsamster Verstiegenheit gehende Untersuchung zuteil, wobei ich einen zusätzlichen Schnitt verbuchte. Und zwar wurde mein Informationsmaterial auf elektronische Wiedergabemaschinen gesprochen und während des Schlummers einer statistisch brauchbaren Population neugeborener Nachfahren meines Vertragspartners ins Kopfkissen gespielt. Eine sternenkundlich zugespitzte Studie, die von Omar Zapletal per anno zu diesem Zweck unter Heranziehung der minutiösen Geburtsdaten der Säuglinge sowie astrologischer Aspekte meiner Sekrete durchgeführt wurde, ortete die fälligen Reaktionen der Babies im Wahrheits- wie Falschheitsfalle. Mein zusätzlicher Verdienst entsprang der Beistellung geeigneter y-Rohstoff-Kontingente — also unverschämt — der Tätigkeit des Mädchenhändlers für den Harem eines vorderorientalischen Kleinpotentaten.

Da mein Material fast durchwegs den Kabalismen des eminenten Omars positiv entsprach, verdiente ich mit meinem Geschäft ein Hurengeld, das ich zu gut Teil im Orchideen-Club Alexandria verplemperte, vorzüglich in Gesellschaft meines Vertragspartners, der versessen war, in angeheitertem Zustand den Bandstand zu stürmen, den Vibraphonisten hinunterfegte, sein staatserhaltendes Szepter aus der europäisch geschnittenen Modehose stülpte und damit das klingende Schlaginstrument sinngemäß wie nebenbei zum hervorragenden Gaudium des größtenteils touristischen Publikums bearbeitete.

Einen größeren Teil meines Geldes spendierte ich meiner Tätigkeit als Seelenequilibrist. Ich gestattete mir alle meine Wege mit einem Tennisracket eines international anerkannten und beliebten Produzenten zur Hand zu gehen. Im bald beschriebenen Ernstfall zertrümmerte ich meist Rahmen und Bespannung auf harten Köpfen von Staatsbürgern, die ausnahmslos durch ihre widerlich berührende Blechstimme in meinen Gehörkreis traten. Personenkreise, denen das Pfeifen abstruser Melodien aus einem sowohl zeitlich wie räumlich entfernten Kulturkreis mehr als eine verzehrende Leidenschaft bedeutete, zerstampfte ich mit abstoßender Gefühlskälte in eine tragbare Anzahl krummer Punkte. Um aber meinem Ekel und Ärger die noch immer anstehende Spitze zu brechen, überhäufte ich solcherart behandelte Individuen und Erblasser mit buntgefärbten Banknoten jeder nur einigermaßen volkswirtschaftlich fundierten Konvertibilität, die ich in sündteurem Polycolor-Verfahren selbst im Keller meines Elternhauses herstellte.

Das große Geld verzehrte jedoch ein Prozeß, den eine unerbittliche Logik mich zu führen zwang.

Da ich von der Natur, dem verlängerten Arm eines allmächtigen Gottes, mit grauenhafter Häßlichkeit körperlicher wie geistiger Art bedacht, bin ich jeder menschenwürdigen Assoziierungsmöglichkeit zu meinen glücklichen Mitmenschen kaltblütig beraubt. In Auswurf dieses Tatbestandes führe ich einen erbitterten, aber wie mir scheint erfolglosen Kampf um eine rechtschaffene Reparation meines Unbills mit dem Stellvertreter Gottes auf Erden, recte dem Bischof von Rom, dessen sorgfältigen Anschlägen auf meine geistige Gesundheit ich bisher durch umfangreichen gymnastischen und autoerotischen Aufwand noch glücklich entwischt bin. Den Rest meiner Fortüne lege ich nach Befragen meines Braintrustee M. A. Fuckx auf die hohe Kante, um dem Greisenthum mit einer wohlfeilen Schweißapparatur entgegenzublicken.

DA HABEN WIR ABER SCHON SEHR GELACHT

Wegen Krankheit und Geldmangel trat ich vor unser Haus in das sommerliche Wetter, das sich keine Abweichung vom langjährigen Durchschnitt gewährte oder zuschulden kommen ließ. Meine Geschwister übten im Garten Trockenschwimmen. Über einen Findling fiel ich auf meinen Kopf. Herr Lethe kam des Weges und legte Huflattich auf die blutende Wunde. Mein Bruder Georg kam aus dem Garten und studierte den barocken Faltenwurf der neuen Cordhose des Herrn Lethe, das war seine besondere Art, sich geistige Förderung zu erhoffen. Nachdem das Blut im Huflattich versiegt war, legte Herr Lethe sich ins grüne Gras.

Unsere Mutter, die am Schreibtisch in ihrem Arbeitszimmer an einer soziologischen Ökologie saß, die gewillt war, Verwandtschaften zwischen dem unbekannten Volksliederkomponisten und dem bekannten Songwriter aufzuspüren, warf einen Blick durchs Fenster, Herr Lethe hob seine rechte Hand und schnitt mit der linken Hälfte seines Gesichts eine abscheuliche Grimasse, voll Haß, Schmerz und Tod. Unsere Mutter verstand, er habe sich den Arm gebrochen. Sie rief nach der Rettung. Diese kam und fuhr den stöhnenden Herrn Lethe ins St. Emergentia Spital. Wir, der Kinder zwei, durften mitfahren. Während der sausenden Fahrt sang Herr Lethe immerfort das Lied „Wer's verstoht, der is bled". Dazu lachten wir alle, Georg, ich und die beiden freiwilligen Rotkreuzhelfer, deren einer den VW-Bus lenkte. Das Lachen war so laut, daß man das Folgetonhorn gar nicht mehr hören konnte, aber der Lenker des Fahrzeuges beruhigte uns, indem er Methadon und Dilaudid in uns hineinstopfte, bis wir fast rauschig wurden. Schließlich fuhren wir durch die Einfahrt des Hospitals, dessen Tore automatisch geöffnet wurden.

Im Spital sprach ein Mediziner dem anderen ins Gewissen: „Es ist bis 1860 nicht üblich gewesen, Krankheiten am Sonnabend zu heilen, aber weil's der Herr Lethe ist, ein Kollege von Scharlatans Gnaden, werde ich hingehen und ihn heilen", sprach's und legte ihm die Hand auf, daß der Herr Lethe geheilt ward.

Wir fuhren mit der Straßenbahn nach dem Haus

des Herrn Lethe. Dort angelangt, flüsterte er, wie wir später kreuzweise erfuhen, in mein Ohr: „Du wirst“ und in das des Bruders „hundert Jahre“. Dann verkündete er mit gewaltig brausender Stimme: „Alt werden, s'ist bloß ein starkes Wollen“. Darauf bat mein Bruder, das Schaukelpferd benützen zu dürfen. Ich wiederum bettelte seinen Stelzengang bewundern zu dürfen. Herr Lethe gewährte uns die Bitten.

Dann gingen wir schnell nach Hause und erzählten, was wir erlebt hatten. Unsere Familie hörte geduldig zu und erzählte darauf, was sie ihrerseits zu gleichen Teilen erlebt hatte.

Es war ihnen der Herr Lethe in einem mitternachtsblauen Frack erschienen und es hat geregnet. Papa meinte: „Unser Erlebnis war besser“, dabei zwinkerte er mit seinen lustigen Äuglein. Mutter aber sagte: „Der Thee ist fertig“ und meine Schwester sagte: „Ich bin der Präsident“, danach kicherte sie wie eine Lachtaube. Mutter regte zu trinken an. Vater erzählte für jeden etwas, bis es Montag wurde und die Glocken läuteten. Ein Briefbote brachte die Post, die gerade heute so umfangreich war. Unser Vater hatte ein Preisausschreiben gewonnen, das ihn um die Welt führen sollte. Während dieser Zeit herrschte ein anderer Ton in unserem Haus. Die Mutter führte ein beschwingtes Regiment und wir aßen viel Obst. Leider verunglückte der Vater und Mutter weinte sehr viel.

Das war eines meiner längsten Erlebnisse in den Ferien.

Aller Anfang ist schwer, meinte jenes kleine Kind, das in einen Schafspelz gekleidet über die Wiese an den Rand meines Ackers gekommen war, den ich soeben aus purem Eigensinn mit einem Holzpflug, den ein Muli zog, zu Ende gepflügt hatte. Die Zeit, die ich brauchte, um zu verstehen, gab ich mich verdattert. Das Kind meinte, ich wolle den Acker zur Wiese pflügen. Dann aber lachte ich, wie ich es verdient hatte und sagte: nichts von Bedeutung.

Auf dem Rücken des Muli ritt ich nach der Hütte, die ich mit einem alten barttragenden Manne gemeinsam bewohne. Wir sind Partners.

Aus der Hütte klangen langgezogene kindische

Töne. Da wußte ich, die Suppe, die er in einer irdischen Schüssel servieren wird, ist bald fertig geworden.

Durch die Stube, die lieber ungeräumig zu nennen und mit Gerätschaften und einfachen Maschinen angeräumt war, deren Kurbeln das Mahlen, Sieben und Sortieren unserer Produkte ermöglichen sollten, und dem am Tische Sitzenden geboten seinen Magen in der Grube der Mäßigkeit zu halten, floß ein kleines Bächlein. Das verhindert den Krebs, sagte der alte Naseweis. Allerdings könnte es bei gutwilliger Betrachtung etwas auf sich haben, denn bislang waren wir krebsfrei.

„Hastu hundert Schilling", fragte mich der Alte beim Betreten der Stube. „Nein". „Dann hastu hier 100 Schilling und geh' damit zur Tabak Trafik, zwei Schachteln Dreier sollstu einkaufen, wir werden bei der Aufteilung unseres gemeinsamen Verdienstes schon schlüssig werden". Darauf legten sich in mein Gesicht weinerliche Züge. Der Alte aber sagte nichts mehr. Auf dem Weg zur Trafik überlegte ich, warum der alte Mann nichts gesagt habe. Ich beschloß, nicht mehr zurückzukehren. Hundert Schilling waren in jener Zeit, da man noch aus reinem Mutwillen Holzpflüge verwenden konnte, ein Haufen Geld und ich verwendete mich verstandesmäßig, wie man sich damit durchs Leben und in die weite Welt schlagen könnte.

Auf einen Sprung schaute ich bei meiner Mutter vorbei, die mir erzählte, sie habe den Diebstahl ihres Transistors der Ordnung halber angezeigt. Mit einem Mädchen aus der Nachbarschaft, das ich wegen seiner breiten Hüften liebgewann, übernachtete ich einige Nächte in den Heustadeln des oberen Ennstales, ehe das Fräulein wieder zu seinem bildersammelnden Zahnarzt zurückkehrte.

An den Grenzen des Staates schaute die Zollbehörde mit einem Spiegel in mein After. Sie befürchtete, ich verwende es zum unerlaubten Seidenraupentransport in den übrigen Teil der Welt. Was natürlich gänzlich absurd war.

Ich kam in eine Stadt, die von einer Million Bantou bewohnt wurde. Das Wort bedeutet in der Sprache dieser Naturels Menschen. Weiß man das, weiß man auch, welche Ungeheuerlichkeit die Bezeichnung Bantouneger in sich hat. Die eine Hälfte dieser Bantous wohnte im ersten Stock und die andere im zweiten. An den Stadttoren begrüßte mich der Stadtverordnete Habib Abrahim Potola mit folgenden Worten: „Herr Schmidt, gestern haben Sie eine Flasche Wein nur mit einer Hand geöffnet, so können Sie uns heute sagen, was wir mit unseren Erdgeschossen machen sollen." Ich aber passierte wie ein Einundachtziger. Jute Vugel rief mir in den Rücken: „Haltet ihn zurück, er ist ein Genie."

Ein Monat später wurde ich in ein obskures Rundgespräch verwickelt. Ich hatte den Eindruck, jeder daran Beteiligte konnte sagen, was er wollte, es blieb, wollte er was sagen, ihm nur die Gewißheit, was sagen zu wollen. Das war unbefriedigend wie das Wartezimmer eines Zahnarztes, deshalb lenkte ich meine schönen Füße in das eines Röntgenologen. Den bat ich von meinem Kopf ein getreues Portrait aus allen nur denkbaren Gesichtswinkeln zu schießen. Mit den Aufnahmen ging ich zu einem Skulpteur und bestellte ein maß- und formgetreues Abbild meines Schädels in Schildpatt, das ich seither auf meinen Reisen am Sattelknauf zur Aufbewahrung meiner Personaldaten (Nationale) befestigt mit mir herumführe.

In einem Anfall faschingsmäßiger Aszese trieb Pabo Dungra Koreh, Muchacho und Blindgänger in Personalunion, seine Macheloikes derart ausgekocht; in einem Gemisch aus rohen, grünen, gekochten und gedörrten Erbsen in seinen Wildlederschuhen schritt Pabo mit einem Klarsichtklebeband, im weiteren einmal Tixo oder Tesa genannt, zur Hand in einen ausgesprochenen Mischwald seiner Wahl und kraxelte Tag um Tag einen anderen Laubbaum hinauf, um im Oktober die im Fallen begriffenen, welken Blätter an ihre Zweige zu heften.

Der Waldhüter, der, einer verhaßten Gewohnheit nolens volens folgend, im allgemeinen jedermann eine ausgiebige Portion wohlabgewogenen Wohlwollens entgegenbrachte, ließ ihn eine Weile ungefragt gewähren, ehe er ihn räuspernd auf sich, insbesondere seine gefältete Stirne aufmerksam machte.

„Was soll der humbugene Nonsens, Huomo

Stupido", fragte und titulierte er Salmonellenausscheider Dungra scheelen Auges, hohlen Kopfs.

Pabo produzierte vor die Gucker des irrtümlich als Waldmenschen Ausgeführten ein Packung Oropax, deutete auf seine weiße Weste und fuhr fort, sein Werk voranzutreiben. Solchen Schnellkurzdarbietungen durch seine friedliebende Tätigkeit schon längst entwöhnt, dachte der forsthegende Einwohner dem unverkennbar nach Erbsenmus duftenden Einwohner mit einem Gleichmaß an List und Tücke diese Pervertierung der Natur auszutreiben. Ich gehe im Vollbesitz meines stet anwachsenden Alters hin und säge alle Laubbäume um, dann wird er dazuschauen müssen, wie er sein Tixo oder Tesa weiterverwenden kann, der Zipfer, der schleißige (O. Wiener). Er kaufte sich aus seinen Ersparnissen heraus eine Motorsäge, bestehend aus einem bißfreudigen Sägewerk und einem rundlaufenden Johnson Motor. Damit sägte er nun jedwedes Laubgebäum, beklebtes wie unbeklebtes, knapp über dem fruchtbaren Humus seiner Absicht zunutz einfach ab. Pabo-DUMMI-Dem zeigte er eine lange Nase, wie er es als Kind gelernt hatte; dann gab er seinem Freundeskreis, der sich in capito aus pensionierten Kollegenschweinen oder deren Witwen rekrutierte, eine tolle Party, die seinem Triumph über den Schlankl ein krönendes Zeichen aufsetzte.

Aber ein Decenium später, in welchem, so läßt sich chancengleich vermuten, Pabo trotz akuten Ohrlappenkrampfes sich in anderen Räumen der Vorsehung gebrochener Glieder zuwider eifrig herumtummelte, zeigte er dem Waldhüter sein allerbestes Lächeln; denn der Wald, seines natürlichen Düngers beraubt, verödete, verdorrte und brannte schließlich wie Zunder, als sich der Waldhüter mißmutig seiner Zigarre entledigte.

Der noch immer rüstige Mann schlug die Hände über dem Kopf zusammen und begab sich schleuniger, als für gewöhnlich gedacht wird, unter die Obhut des Wirtschaftsförderungsinstitutes, kurz Wifi, einer österreichischen Teilhandelskammer, wo er einer Umschulung zum Handbuchbinder freudig entgegensah.

Aber vielleicht ist alles anders gekommen.

Die Schwierigkeiten im Auffanglager Friedland ergaben sich vorwiegend um zwölf Uhr, wenn alle in die Sonne der Freiheit starrten und dabei vergaßen, ihre Suppe auszulöffeln.

Weil ich in geometrisch anwachsendem Ausmaße stark bis völlig betrunken zu den Redaktionskonferenzen erschien, wurde ich schließlich mit einseitigem Einverständnis aus meinem Arbeitsverhältnis zu einem beliebten Blatt der Regenbogenpresse in elegantem Bogen auf die Straße gesetzt. Dort fand ich mich mit einem Manuskript, das ich wegen seiner Außergewöhnlichkeit und menschlichen Zugriffes für enorm und tapfer halte. Unser Periodikum hatte aus Gründen, die Originalität und Ideenmangel in vorbildlicher Weise zur Deckung bringen, vor einiger Zeit seine Leser mit branchenüblicher Rotznasigkeit aufgefordert, unter dem Motto: Everybody is a lover, die Umstände, wie jedermann an seinen Lebenspartner geraten, unter Honoraraussichten an uns zu berichten.

Die nunfolgende Geschichte wurde uns von einer unserer vielen Leserinnen zugeschickt. Sie wurde aber nicht gedruckt, und wenn Sie nicht kürzlich vom Himmel zur Erde geschickt worden sind, werden Sie gleich verstehen, warum:

Ich war damals 18 Jahre alt. Nachdem ich das Gymnasium in der siebten Klasse verlassen hatte, verdingte ich mich als Hausgehilfin bei einem Kugelschreiberfabrikanten aus Ungarn.

Ich habe eingesehen, daß eine akademische Laufbahn oder auch nur halbakademische bei meiner Begabung, die Wirklichkeit zu erfassen, reine Hochstapelei gewesen wäre.

In der zeitlichen Folge einer Anschaffung neuer Brillen, ich weiß nicht, ob eine ursächliche ebenfalls gegeben war, konnte ich plötzlich der sommerlichen Tageshelle mit meinen Augen nicht mehr entgegensehen, zudem litt ich an schweren Gleichgewichtsstörungen außeralkoholischer Natur. Der Augenarzt, den ich rasch aufsuchte, verwies mich angesichts seiner Machtlosigkeit an einen Nervenarzt.

Also schwankte ich, die Häuser entlang tastend wie eine Betrunkene, zu jenem Nervenarzt, wo mein neues Leben beginnen sollte. Ich öffnete die Tür zum Warteraum — glauben Sie mir, was ich sah, gab mir das Gefühl, ich sei erst kürzlich vom Himmel auf diese Erde geschickt worden. Ein Mann, ungefähr 45 Jahre alt, stand in der Mitte des Raumes, die Hosen an seinen Knien, und masturbierte. Mit einem Lächeln, das so ernst wirkte wie das Lächeln des Schlafenden, schaute er mich an, ohne sich in seinem Thun stören zu lassen.

Mit einemmal fand ich mein Gleichgewicht, ich schleuderte meine Sonnengläser vom Gesicht und stürzte, flog zu dem Mann, nein stopfte wie eine Verhungernde sein Glied in meinen Mund. – Ich schwöre, solche Liebespraktiken waren mir bis dato unbekannt. – Ich küßte und liebkoste jenes Stück Mensch, als müßte ich es zum Leben erwecken. Der Mann ließ seine Hände leicht und sanft durch mein Haar gleiten – wenigstens schien es mir so.

Wenn ich lese, was ich berichte, so erscheint mir alles bestenfalls als der bemühte Bericht eines guten Freundes, der sein Wissen von einer Taubstummen hat. Wenn nicht plötzlich der Arzt in der Tür zur Ordination erschienen wäre, wüßte ich vielleicht noch schemenhafter, was damals geschehen war. Jedenfalls, der Arzt trieb uns unter Flüchen, Beschimpfungen und Gestammel aus seinen Räumen.

Im Hausflur wollte ich davonrennen, aber der Mann erfaßte mein Handgelenk und zog mich an sich.

Er nahm mich in seine Arme und küßte mich. Dann sagte er in sanft-singendem Ton: „Das hast du gut gemacht, ich bin Moravagin, wie Pallas Athene dem Kopf des Zeus entsprungen, komm ich aus dem Kopf des Blaise Cendrars, gehen wir ins Kino".

Seither sind wir glücklich Verheiratete. Am selben Tag fuhren wir nach Rheno, wo wir vor den Standesbeamten traten. Unsere drei Kinder, zwei Mäderl und ein Zwitter, den wir aber später nach seinem Wunsch ausrichten lassen, sind Glück und Augenweide unserer Gemeinde am Fuß des Kilimandjaro.

KEINE LANDSCHAFTEN, KEINE TITEL

Und schließlich das Wetter — pax vobiscum, nostradamus, doctor lee, kansas city here I come, Passau liegt am Oberlauf der Donau.

In einer ruhigen, weil neulich von einer Seuche, die nach ihrem Verzug Stumm- und Taubheit hinterließ, heimgesuchten, schmalen Gasse Kinshasas stand ein Haus in habsburggelbem Kleide. Es bestand aus drei Etagen. Behütet wurde diese nicht ganz im Lot befindliche Senkrechtversammlung dreier Stockwerke von einem Walmdach schwäbischer Machart, welche es dem Betrachter überließ, dies als merkwürdig oder pittoresque zu befinden.

Jede dieser Etagen zeichnete für einen eigenen Namen. So hieß das Erdgeschoß Parterre, danach folgte das Mezzanin; das Ende der Reihe bildete der erste Stock.

Diese deutliche Differenzierung übertrug sich, aus der Sicht des Erzählers (Th. Morus) praktischermaßen auch auf die Bewohner des jeweiligen Geschosses, welche sich von jenen anderer Etagen des hier verhandelten Verbandes prominent in ihren verbindenden Merkmalen, also logischen Zwangs in ihren Weltanschauungen und Lebensweisen, echt unterschieden. Nur jene Stumm- und Taubheit, verursacht durch dieses verdammte Pech, wie man in der schmalen Gasse zur Beklemmung Restafrikas jenes Schlamassel nannte, war ein Prädikat, das alle Hausbewohner durchaus nicht einen Mutes, aber zu gleicher Qualität als einen gravierenden Teil ihres Schicksals zu bezeichnen hatten.

Die vom Mezzanin bescheiden sich nach altem Negerbrauch in ihrer Kleidung mit einem schalldichten Lendenschurz, entweder einfach aus Jutematerialien oder etwas mehr sophistiziert aus Schnürlsamt recte Manchester, wie man im Kongo Kinshasa das Textil beim Namen nennt. Diese einfachen Negersleut tranken beträchtliche Unmengen sogenannten Wiesnbieres, wovon ein erkleckliches Kontingent wöchentlich von Lofteil Joe aus München über die Sahara (Mittelpunkt Bidon Cinq) in tiefgekühlten Boings nach Kinshasa eingeflogen wird. Ermöglicht wurde dieses völkerverbindende Handelsereignis durch das Interesse einer Münchner spritistischen Gesellschaft an zentralafrikanischem Geheimwissen, welches ihr von den Mezzaninern gegen wöchentliche fünfzig Kisten Bier vermittelt wurde. Die Frage, was die Münchner mit der Scientia Obscura Afrika Media anstellten, kann ich nur, aus der Promptheit der wöchentlichen Lieferung schließend, dahingehend enträtseln, daß sie ein lebensnotwendiger, quasi echt integrierter Bestandteil dieses Handels der wirklichkeitsfernen Süddeutschen darstellte. Eindeutiger kann ich, da ich selbst mit meinem Freund Ferants Monticzek, der jetzt wie die Münchner ebenfalls in München wohnt, die fröhlichen Mieter des ersten Stockes aus Lokalaugenscheinsgründen markieren mußte, die Frage, die hoffentlich nicht der letzte Trottel stellen wird, beantworten, was die Kinshasi mitn Bier machten. Nun, all dies tranken sie. Und zwar zu jeder Stund, in der sie dazu fähig waren. Wozu? Um den reichen Schatz geistiger Flaschenpost zentralafrikanischer Geheimniskrämerei in ihre Dokumente zu beschwören oder die Ahnen, Totems und sonstiges Menschen- und Viehzeug, das fähig vermeint wurde, anzumeditieren, aus dem extrasensorischen Fundus in ihre Köpfe zu delegieren.

El amigo franta y el amigo fredi führten das relativ normierte Leben taubstummer Kosmopoliten. Unser Kleid war generaliter europäisch-würdig. Nur etwas afrikanisch aufgelockert. So bevorzugten wir Beinkleider aus Manchester oder Aschermittwochs aus Jute.

Wir waren nach dem Ersten Weltkrieg mit jenem paranoiabetakelten Schiff nach dem damals noch Belgischen Kongo gesegelt, das auch L. F. Celine zu seiner einsichtsreichen Flucht aus Frankreich benutzte. Unseren Lebensunterhalt auf dem schwarzen Kontinent hatten wir durch alles mögliche verdient. Aus dessen Fülle sei angepriesen, daß wir auf den opulenten Parties dieser gottverschissenen Imperialistengeschöpfe, schwarz bis unter die Eichel angeschmiert, als Ehrenneger verbal hochgestochener Bildung zum Zeitpunkt äußerster Besäufnis aller vom Ing. Gastgeber presenz ju. Seit mir bade stumm sind beschäftigen wir uns mit dem Stummfilm, der, unserem Konsens gemäß, sein Medium wesentlich immanenter exekutiert, als es der Bastard Tonfilm selbst in der genialen Absenz der Hand Mr. Andrew Warhols je vermochte.

Was'n los, gibts Mittagessen?

Im Parterre wohnen Leute, die die Tante Mitzi geschickt hat. Die Bewohner des Erdgeschosses, denen mit der Zeit aus keinen besonderen Gründen das Lachen vergangen ist, bildeten eine Kolonie von Schlitzaugen, die, was sie für das Beste auf der Welt hielten, von einem Legat der Tante Mitzi lebten.

Die Tante Mitzi, die bei ihrer Totenmesse in Leibnitz vom Kaplan Depine mit „Hl. Maria bitt' für uns" abgemeldet wurde, hatte den Java-Galan und Ex-aequo-Lustmörder ihrer Schwester durch Intervention der Eichbehörde von Mostrava aus dem Gefängnis befreit, in einer erlauchten Konzentration der Ereignisse mit einer Krankenschwester seiner Rasse vermählt und im Parterre unseres Kinshasa-Hauses als Hauptmieter installiert. Im Galopp der Zeit haben die Orientexoten einen herumstreunenden Pakistani als Hausdiener ohne Portefeuille engagiert, einen Altar für Selbstverständnis errichtet, wo sie zwei wunderschöne Teenagertöchter nicht opferten, sondern Erwähnten irgend etwas anderes nicht ganz Lupenreines angedeihen ließen, umsonst wären das nicht zwei aber schon so herrliche alttestamentarische Spinner geworden.

Bei solch prima passiven Zufällen, glaube ich, die Tracht der Asiaten mit orientorientiert genügendlich apostrophiert zu haben.

Von Interaktionen der drei Geschosse, um in einen gratis verständlichen Jargon auszuweichen, konnte man, bis auf den täglichen Streit: wer zuerst da war, die Henne oder das Ei, selbst bei allem Langmut nicht sprechen.

Folgendes Zwiegespräch wurde bis herauf in unsere Tage in Afrika noch nicht geführt:

B: Servas Otto, wos host heit gmocht?
B: An Totn howi gmoin.
B: Wors langwäulich?
B: Jo.
B: Wos sui di no frogn?
B: Wass net.
B: Servas!

Die Panam, großer Flug, unterhält sogar in Kinshasa ein Intercont. Und wie's die Fernsteuerung (unter Briefträgern ein Deckname für Superöl, ein allgemein verwendetes Synonym für Vollrausch) löste, gerieten Asmara, die jüngere Tochter aus dem Parterre, ein Mezzanino, der durch kulturelle Rückflut aus der neuen Welt Elizondo heißt und sich für die Rache Montezumas in den Planquadraten Kongo, Katanga und Prarratarath hält, als wie meine Konfiguration, nachdem Frantz und Fredi per „Kopf oder Zahl“ entschieden, wer sich heute innerhalb der lateinischen Grammatik bewegte, in leicht verständlicher Weise in der Bar des Interconts aufeinander. Wir waren die einzigen Taubstummen des Publikums.

Asmara produzierte vor unseren Augen eine Kopie Ilse Aichingers Seegeister, die wir, individuell interpoliert, aber dennoch rasch kapiert haben. Eine einfühlsame Blickrunde zeugte den Entschluß, noch eine Runde in Auftrag zu geben. Im Aufmarsch weiterer Runden reifte ein weiterer Entschluß: gemeinsam auf Abenteuer auszuziehen. Die Regenzeit wollte bald einsetzen. Der Gedanke, Abenteuer auf Abenteuer in strömendem Platzregen zu bestehen, schien unsere dahingehenden Vorstellungen nahezu synchron zu übersetzen.

Am nächsten Morgen fuhren wir um sechs Uhr mit der Straßenbahn aus Philadelphia an den Stadtrand von Kinshasa, wo das Reich des mächtigen Dschungels seine Pforten angebracht hat. Asmara hatte sich in den Kopf gesetzt, daß wir die auf uns zukommenden Abenteuer Hand in Hand begrüßten. Nach kurzem Palaver, in 1a Taubstummenrethorik, hatte sie ihren Antrag 3 : 0 durchgebracht.

Zu Mittag setzte die Regenzeit ein, zuerst leicht und sanft wie Salzburger Schnürlregen auf dem Domplatz der Festspielstadt und dann später wie die Niagarafälle an jenem Ort, der in einigen tausend Jahren auch anders ausschauen wird. Unsere Kleider klebten am Körper, unsere Seelen flogen an das Dach des Urwalds. Wir fühlten uns frei und glücklich. Wir küßten unsere Hände auf die Handteller. Meine Kamera, die japanische Waterproof-Itsubishi, surrte pausenlos das ewige Lied der Kamera. Ich filmte alles, was der ertrunkene Dschungel bot. Sorgfältiger als alle Blätter, Lianen, Schlangen, Elephanten, Tiger, Affen, Bären, Leoparden, Löwen, Geier und Füchse suchte ich eine längere Passage in den Kasten zu bringen, in welcher Asmara Elizondo eine Pantomime vorspielte, die einen Autobusunfall mit drei Verletzten und

27 Beleidigten einfing. Falls ich unsere Abenteuer überleben sollte, plante ich das Material entlang einer Grammatik des Unbewußten innerhalb der Deckung: was man nicht findet, soll man nicht suchen, zusammenzuschnipseln. Das Produkt wollte ich für den Preis der Zivilversehrten einreichen. Aber diesen Illusionen nachzugehen, ließ das Klima wie unsere drängende Erwartung keinen Raum. Nach neuen Abenteuern, nach neuen Explosionen der Gefahr stand unser Sinn (tao). Also wateten wir weiter durch den Ozean des immergrünen Dschungels, gekleidet in moderne Camouflage-T-Shirts, ausgenommen natürlich der konservative Elizondo, der hatte selbst seinen Juteschurz von sich getan. Sein riesiger Schwanz baumelte ganz nach afrikanischem Brauch zwischen seinen glänzenden Prachtschenkeln durch Äquatorialafrika, lediglich ein Wodkabecher zierte seinen Kopf. Man erinnere sich, Elizondo, Mezzanino, Secret Science Servant; lassen wir ihn etwas unmittelbar mitteilen: „Mister Laser, wir danken für das Gespräch".

Auf unserem langen Marsch, den eine Urwaldlichtung unterbrach, bemühte ich mich, die Handelsmarke Buster Keatons an mein Gesicht zu binden, doch je härter ich um sie warb, umso eher schien sie sich den Gesichtern Asmaras und Elizondos anzuvertrauen.

Die Urwaldlichtung, die sich unserem Gesichtsfeld zeigte, wies einen beträchtlichen Umfang auf und war durch eine Autobahn mit Kinshasa verbunden. Die augenblickliche Kongorepublik war im Begriffe, hier eine Bundessportschule zu errichten. Beim Anblick der Dachgleiche, zu der das Projekt bereits gediehen war, fühlte Elizondo sein Herz von den Flügeln der Rache Montezumas hinweggetragen. Er stürzte auf den Polier, dem er sich als Windmühle zu begreifen gab. Er versengte ihn mit dem bösen Blick, über den er kraft seiner Wiesnbiermeditation zu gebieten wußte. Seine Augen flackerten wie zwei von einem betrunkenen Automechaniker eingestellte Halogenscheinwerfer. Der Polier, in Antwort auf den bösen Blick, flüchtete wieselflink zum nächsten Okwamumbemediziner, einer freiwilligen Trepanation sich zu stellen. Der Rest unseres Terzetts geriet durch diesen spontanen Rückfall in das Gehaben älterer Sozialregulative in verklemmte Bestürzung. Böser Blick, wie billig, wie unzeitgemäß, wie fern den gegenwärtigen Anstrengungen, Gegensätze nobel einzuebnen oder zu überwachsen. Noch verzwackter wurde diese Stimmung unser, als wir mitansehen mußten, wie die nunmehr weisungsungebundenen Maurer und Hilfsarbeiter sich in stark divergierenden Unternehmungen ergingen, die erheblich von der konstruktiven Gesinnung der Väter der Sportarchitektur abwichen. Um die Aufmerksamkeit wieder einigermaßen auf einen Punkt zu versammeln, entschloß sich Asmara zu einem ebenso herzhaften wie folgerichtigen Vorgehen. Sie unternahm nichts weniger, als den planlos vor sich hinwerkelnden Eingeborenen einen kernigen Strip vor ihre ziellos umherirrenden Augäpfel zu setzen. Der Höhepunkt dieser Darbietung, die die Bauarbeiter mit wachsendem Interesse verfolgten, war die Befreiung ihrer Scham von einer bereits fortgeschritten durchfeuchteten wie eben zerrissenen Papierunterhose (paperslip). Der einsichtige Elizondo unternahm es nun, indem er von der Fortsetzung seiner Abenteuerreise abstand, den so konzentrierten Haufen zu neuer sinnfälliger Widmung seiner Arbeitskraft hinzuführen. Allerdings war fortan seine Absicht, hier waltende nationale Anstrengungen hin zu zivilisierter Lebensart genialisch zu übertrumpfen. Er befahl, das augeblickliche Stadium der Bundessportschule zum ersten Dschungelplanetarium hinzuentwickeln.

Asmara und ich verabschiedeten uns von Elizondo mit dem Versprechen, den veruntreuten Polier aufzusuchen und ihm zum Zeichen von Elizondos Versöhnungswillen einen Tropenhelm zu überbringen, mit dem er seine trepanierten Blößen bedecken möge.

Nach langem und mühseligem Umherirren im tiefsten Dschungel — unser Weg führte uns sogar an einem Marterl vorbei, das dem Wanderer in vier Weltsprachen erinnerte, hier wurde der Leichnam Patrick Lumumbas, gemordet von den CIA-Schergen Moise Tschombes gefunden — erfuhren wir schließlich in Lambarene, ein Name, der mir nicht einzig als der eines der ältesten Adelsgeschlechter Italiens klangvoll im Ohr lag, den Wohnsitz des nächsten Okwamumbe Hexxenmeisters (wie ixt man ein ix aus?), der noch mit

Hammer und Meißel Trepanationen recht effizient in die Tat umsetzte. Dort auch fanden wir unseren Mann, dessen Dauerbeschäftigung schien es zu sein, gegen ein paar Kauri die Hälfte seines von früher vorhandenen Schädels den Photographen von Life, Time, Match und Stern hinzuhalten. Wir überreichten den Tropenhelm. Die Photographen freute das sehr, wahrscheinlich wegen des Vorher- und Nachhereffekts. Und schon waren wir wieder im Busch verschwunden. Die Wasser strömten nach wie vor aus den Himmeln, aber daran hatten wir uns schon gewöhnt, folglich wünschten wir, um uns zu profilieren, es möge anders werden. Jetzt, da wir wieder ins Geratewohl hineinwanderten, floß uns zu, wie sehr uns das Geheimnis Elizondos fehlte, der uns mit eingeborener Instinktsicherheit zu einer Paviankolonie und deren Aufführung verholfen hätte, die, wie sich später in Bälde kundtat, eine Horde von Vampiren waren. Die Pavian-Wurdalaki waren selbstredend nichts anderes als darauf trainiert, sich auf uns zu stürzen um ihr transsylvanisches Brauchtum zu pflegen. Aber nix da. Elizondo setzte seine Windmühlenflügel abermals in Bewegung, aus denen der Knoblauch wie aus einer Stalinorgel flog; logisch, daß der Urwald da wie ein Lagerhaus vom Di Lenardo roch. Die Wurdalaki hielten sich die Nase zu, husch die nächste Liane und ab die Post. Auch ich und Asmara sahen verteufelt dazu, den Urwald zu quittieren, und zwar stehenden Fußes. Ich liebte Asmara immer mehr und immer mehr. Wenn das Kind über eine Treppe ging, dachte ich, die wär' schon die Richtige.

Ein guter Kritiker versteht vom Schreiben überhaupt nichts und soll nicht länger als 2,20 m sein.

In jenem eigentlich gar nicht so ambienten Streifen, wo die Landschaft nicht so recht weiß, ob sie Urwald oder Savanne genannt werden will — auch soll es Festland geben, das der Betrachtung durch jedwede Kreatur einen gewissen Namhaft-Mannhaft-Wahnhaft-Widerstand entgegensetzt — trafen wir den einschichtigen Markus Preininger, der sich in seinem Bemühen, gut aufgelegt zu bleiben, Joe O'Brian getauft hatte. Joe verkaufte uns etwas Autopolitur. Der Kenner schaut auf den Bauch. Trotzdem gingen wir in eine Schenke, die ein weithin berühmtes Stelldichein White und Black Hunters war.

Ein paar junge Watussiprinzen saßen um einen Wirtshaustisch und spielten Poker, wie sie sagten, als einer der White Hunters, Baron Harry Kellersperg, die gefärbten Nobiles nach ihrem Treiben befragte. Der Weiße Baron schüttelte ungläubig sein mächtiges Löwenhaupt und widmete seine telepathischen Hintergedanken monopol einer zerrissenen Gorillajean in New York, die gemächlich über die Madison Avenue schlenderte, während ihr Besitzer zu Hause in Brooklyn in bunter Unterwäsche vollkommen aufgewühlt ein Papiermesser betrachtete, dessen anonyme Kopie J. P. Sartre zur Erläuterung seiner Philosophie dienen mochte; zwar war sein Gehirn oder der zuständige Teil davon (Oberhirn) durch die Schrecken einer Liebe zu einer Ortsansässigen erheblich vernebelt, doch dann sagte er doch: „Ihr habt ja alle so recht, eine Lokalrunde auf meine Kanzlei".

Während die Gäste an ihrer Lokalrunde nippten, folgte ich dem Dienstmädchen in die Holzhütte. Von den Dachsparren hingen viele viele Maiskolben in den dunklen Raum – Afrika ist das klassische Agrarland. „Die sind für die Hühner, die Herrschaften sind schon schlafen gegangen", kicherte das blutjunge Ding. Ich klopfte ihr mit lockerer Hand auf den Hintern, was in allen ländlichen Gegenden der Welt besser als Blumen wirkt. Es wäre auch alles prima gelaufen – most quiet days in cliché – wenn nicht urplötzlich die Türe aufgegangen wäre. Asmara hatte Wind bekommen. Mit dem Zeigefinger schrieb sie Mazakist in die Luft – ungebildete Sau – aber dann kannte ihre Wut keine Grenzen. Sie stürzte auf das Dienstmädchen zu, und kaum hatte ich einmal von der Wurstsemmel heruntergebissen, hatte sie dem armen Ding beide Ohren abgerissen, die sie mir später einmal in nicht ferner Zukunft zum Nationalbefreiungstag überreichte. Mir wurde ganz anders, enterisch. So eine Wildkatze, oh du Schwein, mit Protein werde ich dir deinen Dämon schon austreiben.

Morgen schon werde ich bei einem Dachdecker anfangen – become a working class hero – dort arbeitet auch Babie. Das ist ein Unikum, während sich ein Normalarbeiter vor Beginn der Arbeit in die Hände spuckt, wixt der Babie sich in seine schwieligen Hände und voll Übermut und Laune verrichtet er die ihm auferlegte schwere Arbeit. Dabei war der Junge ein vielfach invertiertes Genie, man kann sich denken, mit welcher Reflexionsquante der Bursche arbeitet, vor allem diese Schlagersinger sind verdächtig, als ob es sowas gäbe: Fluß auf Rollschuhen.

Ich machte mich auf in die Gaststube, flüchtig schaute ich beim Klo vorbei, wo friedlich ein schwarzer Zecher seinen Rausch ausschlief. Alsbald hatte sich auch Asmara beruhigt und kam ganz dasig, in einen weißen Staubmantel gehüllt, ein Sühneraub?, zur Tür herein. Ich knüpfte meinen Selbstbinder zurecht und gab ihr ein bißchen Protein zum Schlucken. Ha und jetzt kommts, binnen Stundenfrist haben wir unsere Sprache wiedergefunden. Ganz zart und voll innigerer Bewegtheit hauchten wir das erste Du. Ich sah ihre Schenkel entlang und plötzlich hatte ich eine hohe Meinung.

Sie träumt öfters von Sanchez Polack. Was in ihrem Kopf vorging? Ich bat sie, mich völlig entspannt anzuschauen, aber bei aller Liebesmüh' konnte ich keine Spuren von Debilität feststellen. Vielleicht hat sie keinen scharfen, aber einen freundlichen Verstand. Hoffen wir's beste, lieber Urlauber. Ich erinnerte mich in dieser gottverdammten Hitze, wie die Familien Hofer und Ziegler wegen Geld im Mund durch die Nase atmeten. Asmara sagte: „Ja merkstu nicht mein heimliches Sehnen?" und gab mir einen Fußtritt. Hoffentlich holt sie sich keine Sehnenzerrung! Klar. Ich schleckte sie hinter oder vor einem Zaun, das weiß man ja nie so genau. „Du bist so geduldig", meinte mein Mädchen. Na Servas, dachte ich.

Auf einer Park im Bank (Setzer, lassen) sahen wir ein Liebespaar. Der Mann kam aus der Hefe. Eine Kokosnuß fiel auf meinen Kopf. Schon wieder hatte ich vergessen, meinen Pförtner zu schließen. Bei dem stolzen Schritt einer Bäurin, den sie in das Gras der Savanne legte, konnte ihr das auch egal sein.

Die Antilopen huschten im Mondschein herum, als wär's ein Stück von mir (Written & Directed).

Mit ihren neuen Schuhen schritt Asmara so kräftig aus, ich hatte Zeitungspapier bei mir.

Asmara fragte mich, ob sie ihre Kinder vormittags oder nachmittags spazieren führen werde. Da ich wohl auch hellsehen konnte, sagte ich sicheres: „Keines von beiden. Die Kinder werden vormittags Jerry Cotton lesen und nachmittags Jerry Cotton schreiben, KLAR?" Da schlug sie beide Hände so ungeschickt über den Kopf, rechts und links gab sie sich eine Maulschelle. Tränen flossen über ihre vom Saharawind aufgerauhten Wangen. Ich legte mich auf die Erde, damit sie eine Weile auf mir herumspazieren mochte.

Als sie müde wurde, kam eine Faßbinderin und berichtete von ihrem Verlobten, daß er in einen Brunnen gefallen war. Wir spielten ein paar Boote Stockschnapsen. Das fremde Weib bot uns Zigaretten. Weil sie auch sehr praktisch veranlagt, öffnete sie ein Fenster ohne zu lachen, damit der Rauch abziehen konnte.

Die Eukalyptusbäume rundherum erschienen mir schon geraume Zeit bedenklich obskur. Muß ja auch sein, wenn sich hinter jedem Baum ein Verbrecher in den Schatten drückt. Die Kerle sprangen auf ein vereinbartes Zeichen hervor, machten ihren Diener und stellten sich einer nach dem anderen vor: „Murl, Prominententick, liebe abgöttisch Fritz Kreisler; Masakila, lebendig gestorben, Parvenue; Melasse, Feinschmecker mit Doppelzunge; Menuchim, arbeitslos, arbeitsfähig, arbeitswillig; Mnungobo, Einzelkind, Sekundant. Wir waren auch nett. Dann machten sich jene paar Verbrecher mit letztdenkbarer Brutalität über uns her, fesselten uns, warfen uns auf einen asthmatischen Holzvergaser — Holz haben die ja genug da unten im Urwald, mitn Erdel schauts es bitzli mau aus, mießte mer noch wortn — und entführten uns zu guter Letzt auf eine Hochzeit in einem Negerkral.

Das muß gesagt werden, es war sehr seltsam dort. Die Frauen waren schwerhörig und die Männer stotterten. Es würde wohl Schnee geben, etwas ungewöhnlich in Afrika, aber bitte, eine echte Marktlücke.

Man bereitete gerade die Trauungszeremonie vor. Sie setzten uns zur Eingewöhnung in ihr Denken etwas Elephanten-Schnitzel, Zwiebelach und Fondor vor. El Fondor Pasa, so der Koch.

Das fremde, mitgehangene, mitgefangene Weib schnitt sich mit einer Flachzange die Fingernägel. Die Faßbinderin hatte sich einfach einen Marathonläufer angelacht. Sie wollte etwas Apercuhaftes über die Lüge unter die Neger bringen, bekam aber plötzlich eine Knieschwellung. Das Knie, bekanntlich für viele afrikanische Anthropologien der Sitz der Weisheit. Die Kinder des Dorfes schlugen die Fensterscheiben des Hauses von dem Bräutigam ein, dies galt als überliefertes Zeichen, mit der Trauung anzuheben. Wir stellten uns rund um den Medizinmann, als ob uns die Nerven in ihren Bahnen zu zerspringen drohten, und wenn nicht von oben ein Mehlsack heruntergeplumpst wäre, würde es ohnehin nicht passiert sein, daß Asmara letzten Endes unbeschaut mit einem Geistesfürsten des Stammes verehelicht war und ich trotz angemessener Gegenwehr im Schweinekoben tschumbusmäßig landete.

Da habe ich aber schön geschaut. Einem dieser afrikanischen Hängebauchschweine gab ich gleich einen Tritt, dorthin wo bei Pferd und Frau die Kruppe (P. Reage) angebracht, damit es an Herzinfarkt verbleiche. So hatte ich wenigstens die nächsten Wochen Ham Ham.

Amos Tutuola warf mir gelegentlich ein Päckchen Zigaretten nobler Form durchs Fenster, aber ich hatte kein Feuer, und es noch einmal zu erfinden, dazu hatte ich in meiner Lage verdammt wenig Lust. So grübelte ich verärgert vor mich hin, etliche, ärgerliche, zwanzig Jahre. Die Schweine sahen immerzu beim Fenster hinaus. Ich überredete schließlich doch eine besonders große Sau, mit mir durchzubrennen. Die Sau glaubte meiner Eloquenz, daß es eine Tragödie sei, ein wahres Leben lang ein Schwein oder sonst was zu sein.

Eines Nachts (eines Tages!) hatte ich tiefe Ringe unter den Augen, auf dem Rücken des Schweines galoppierte ich zum nächsten Flughafen (alte Gewohnheit). Took a ticket to Djibuti (ebenfalls alte Gewohnheit).

Dort erholte ich mich prächtig. Ich lag am Strand und schaute ins Rote Meer. Hin und wieder aß ich eine Pizza, das erhält am Leben. Bei einem morgendlichen Strandspaziergang fand ich eine Gabel im Sand. Jetzt hatte ich eine eigene Gabel. Time to fly to Marokko.

Ebenda stieg ich sofort in ein bereitstehendes Taxi. Der Araber am Steuer, ein echter Haschkopf, fuhr mich ohne Aufforderung zu Doktor Madjoub.

Hei, war dort ein fröhliches Völkchen mit teilweise dicken Zöpfen versammelt. Candy Darling aus New York erzählte unförmige, fette Lügen über das spezifische Gewicht des Wassers, das in Strömen von den Wänden des Wartezimmers rann. Als ich der Nächste war, sagte der Doktor: „Aha, Capito, freimachen, hinlegen, Schwester, Aspirin, Messer, Schere und Leukoplast".

Die Sonne lag wie ein Maulwurf über der Stadt. Mister McLuhan kaute wütend seine Plastickravatte; es ist alles ein Witz.

Als ich erwachte, blickte ich in das freundliche, durch einen Spitzbart entstellte Gesicht Dr. Mayoran Madjoubs. Er zupfte mich an einem Ohr. So wie ich dalag, im schönsten Aufwachen zu Hause, konnte ich mich gar nicht genug sammeln, zu entscheiden, ob das Ohrli, das der Doktor mit seinen geschickten Chirurgenhänden bezärtelte, ein rechtes oder ein linkes war.

Bon Apros, bei den Savanneindianern muß man sehr geschickt und flott taktieren, sie verlieren maximal schnell das Interesse an einer Sache und reiten pana über Stock und Stein.

Der Doktor sprach: „Also nach Maßgabe der Tatsachen liegt das in Marokko so, daß in gewissen Berufssparten überhaupt kein ernstes Wort mehr gesprochen wird." Ich lächelte milde, nicht über das, was der Doktor gesagt hat, darüber kann man nur bei hervorragender Ausbildung lächeln, das müßte man noch ausführlicher diskutieren. Nein, mein Spiegelbild rührte mich zu so sanftem Gemime. Der Herr Doktor hatte ganze Arbeit geleistet. Ich war zum makellosen Abziehbild Asmaras operiert worden.

An der Kasse beglichen die glücklichen Patienten Dr. Madjoubs die angelaufenen Arztkosten. Durch den weißen Arbeitskittel sah ich die Dame an der Kassa eine schwarze Hose tragen. Wiederum mußte ich lächeln: das hatte mich ja nun gar nicht mehr zu interessieren. Ich brauchte also gute Nerven. Mit einem Jet Set sprang ich ins Nachtleben von Marokko. Alkoholschmuggel war doch nicht das rechte für mich, man verliert dabei so sehr an Gewicht und die Leistung in der Schule läßt auch stark zu wünschen übrig. Freilich hatten die Kleinbürger und die Upper Middle Class den Intellektuellen die Autobahnen schließlich doch abgetrotzt.

Einem charmanten Südfranzosen las ich mit gehauchtem Vibrato die mit internationalen Delikatessen gespickte Speisekarte, naja, irgendeinen sensiblen Kotau machte ich ihm vor. Jaques war ein göttlicher Tänzer, wie angedeutet ein charmanter Plauderer und alles in allem ein duftes Haus. Bei mir war das ganz anderst, meine größte Wirkung entfaltete ich im Linienspiel des Körpers beim Baden in Wasser von 23 Grad Celsius. Nachdem die Band zusammengepackt hatte, packte mich auch jener Jaques zusammen und ließ mich von einem Träger in sein unweit parkendes Auto befördern. Jean-Jaques gab dem Träger, einem Typ, der lange Perioden seines Lebens an einem Wasserfall gesessen haben muß, das obligate Fürstliche und haute sich mit Schwung, Elan und Routine hinters Volant. Ich lehnte mich gleich vertrauenvoll an die linke Schulter meines Kavaliers mit den silbrigen Schläfen, der Wagen war rechts gesteuert. Wie das französische Frauen zu thun pflegen, warf ich einen flüchtigen Blick in den Rückspiegel, um zu prüfen, ob nicht vielleicht auch nur eine Person hinterhältiger Absicht im Fond logiere. Ich war fest entschlossen, mich mit Haut und Zubehör jenem Jean-Jaques zu verpassen.

Nach einer wilden Fahrt über eine von allen Straßenkrampies vergessene Wüstenpiste gelangten wir zu Jaques Oase, wo er den kümmerlichen Rest seiner an beiden Enden angezündeten Lebenskerze vor dem Alkoholtod bewahrte. Jayjay parkte den Fiat neben seinem Einmann-Leihzelt, worin er frappant viele Nächte am Dach der Welt biwakierte. Er tat dies in der Absicht, ungestört zu übernachten. Der Südfranzose gab mir einen langen, langen Kuß. Zuvor hatte ich meine Gitarre zum Verstummen gebracht. Der Gallier druckste ein wenig herum, bis ich unter Aufbietung aller Energie, die ich nach durchtanzter und durchsoffener Nacht noch aufbieten mochte, sagte: „Tralla lala".

„Weisstu, Elfimaly, so nannte der mich, ich kann dich nicht in mein Zelt mitnehmen, weil meine Eltern zu Hause sind."

Resignierend blies ich die Innenluft in die Außenluft, ich hatte gute Lust, meine Schuhe auszuziehen, aber mir fiel nichts Besseres ein. Ich legte mich unter eine Palme, um die ich meinen Körper wie eine Schlange wickelte, damit ich etwas von der Wärme, die in dem Holz des Stammes aufgrund allgemein wissenschaftlicher Kausalitätsbedingungen konserviert worden ist, empfangen möchte. Ein letzter Schluck Laudanum drückte mich in Morpheus zärtliche Arme.

Am nächsten Morgen, der der Nacht unmittelbar folgte, wachte ich wohl auf, konnte mich aber vor gottverdammtem Kreuzweh kaum rühren. Mit dem letzten Geld nahm ich ein Kamel nach M. Dort, mein lieber Schwan, mußte ich erleben, wie ein deutscher Schäferhund kindisch wurde. Was soll nun werden? Aber wenn Gott eine Tür zuschlägt, öffnet er ein Fenster. Voll Sehnsucht und trunken der süßesten Träume dachte ich an Asmara im Kreise ihrer Mischlinge.

Im Hotel El Alamein fand ich Arbeit als Küchenhilfe. Am Abend rückte ich einen Lehnstuhl an das Ufer des Sees oder kämmte mein Haar für Bela Bartok, den Lohndiener unseres Hauses. Er war ein leidenschaftlicher Zwiebelfan. Diese Abhängigkeit vom Zwiebel (fördert Haar- und Zahnwuchs) verschaffte ihm ein Aussehen wie „Papa". (In den Masuren sprechen die einheimischen — polnischen — Jagdführer den ausländischen Jägern vom Eber als Papa).

„Der Arbeiter hat heutzutage überhaupt nichts mehr zu reden", sagte Bela, „50.000 Ampeln und überall is rot."

Bela war schon sehr heruntergekommen, selbst wenn er die Zeit wissen wollte, brauchte er dazu ein Medium.

Nur mäßigen Spaß hatten wir beim Bettentausch, dazu verwendete man die konventionelle Form des Talkin-Blues.

Im Hafen lag ein alter kranker Mann, mit dem Oberkörper an eine Schotterkiste gelehnt. Er bot ein Bild allgemeinen Jammers. Ich wollte ihm eine Suppe aus unserer Hotelküche bringen. Vorsichtig stahl ich mich an der Koje des Personalportiers vorbei und sprang singend und lachend mit meiner Beute in den Hafen hinunter. Ich näherte mich dem alten Mann, ohne Furcht blickte ich in seine wider Erwarten klaren, gelben Augen und fragte ihn, ob er Suppe möchte. Der alte Mann sagte: „Danke, nein". So schüttete ich die Consomme ins ölig brackige Wasser des Hafenbeckens.

Am nächsten Tag brachte ich dem alten Mann eine Spieluhr, aber ich mußte sie ebenfalls im Meer versenken. Dann gab ich auf. Seither sitzt der alte Mann nicht mehr im Hafen. Bela, dem ich davon in Stichworten ganz kurzer Angebundenheit berichtete, pfiff aus seiner Lunge wie ein Teekessel.

Wenn eine Katze die Nase komisch verzieht, ist sie nicht unbedingt nervenkrank, vielleicht ist es irgendwas Sexuelles. In der Ferne trug der Geschäftsführer unseres Hotels seine Geliebte auf seinen Armen in seinen Garten. Alles gehört ihm. Jedesmal, wenn die Schwalben kommen, wirft er seine Seife zum Fenster hinaus. Finden Sie das in Ordnung. Wenn man sich erdreistet, ein Bild davon zu haben, was ihm eigentlich Spaß mache, dann sagt er: „Naja, so das allgemeine, das Landesübliche“. Das einzige, was er mit seinem Teddybären macht, er gibt ihm vorm Einschlafen einen Kinnhaken.

Verdammt und ausgewechselt, überall wo man hinhorcht, nichts als Lügen. Unwahr ist, daß jedes Volk die Regierung hat, die es verdient. Wahr ist vielmehr, daß die Sonne im Westen untergeht.

Manchmal, lieber Hintertürke, frage ich mich, ob du nicht doch spinnst.

O.k. Klatschmohn, Monaham Mord Kill Gang, Sense:

— Die schwarze Witwe geht jetzt ins Bett, drei Jahre ist sie schon und nennt sich Niki Noki, darauf kentert das Schiff, der Kreuzer, alles ist falsch, nichts ist richtig, the rain is over, Efendi Mister Hair trat hinaus auf die Wiese wie zwei Grafen und ein Hund mit einer grünen Küchenleuchte vorm Gesicht, die Tobaksters, escalator over the hill, haben noch nie jemand ins Bett steigen sehen, in einem Anfall von Häufigkeit würden sie vielleicht apathisch ihr Augenmerk anrufen, wenn sich der Anrainer, dessen Trademark es ist, mit einem angesoffenen obe das Schicksal auszupendeln, jeden Einflusses entledigt und mit KP-Unterhosen durch die Lande handelt, der Haken, keine Tobaksters in der Landschaft, Bräute, Schätze, wenn Vasco da Gama seine ihn-Oper gehört hätte: Zigaretten-Unterbasis-Auchlibelle-Uran, sprachs und drehte sich später um, daß sich John Osborn in der Times für sein vergangenes, unnützes Leben entschuldigte, mitleidlos ging ihm das Haar aus, mitleidlos ging ihr das Haar aus, love potion nr. topgear, wir bringen eure Kinder um, wenn ihr unsern Shuce nit kauft, ja bistu hin, der Amerikaner ist seinen Landsleuten ähnlicher als den Chinesen, nur in sumpfiger Gegend gehen Piloten leichter verloren. Während das Rote Kreuz aseptische Tücher verteilte, fiel ich in eine Mischmaschine, heute steh' ich, gedrungener Stachanow, mit einbetonierten Krampfadern vor einem Sprengstoffanschlag, mercy merci, das Vertrauen der Bevölkerung wurde durch ein Antitrustgesetz wiederhergestellt, Monument, immer langsam mit den E-Motoren, nicht, sitzen wir da friedlich, beschränkt, durch unsereins, beieinander und führen Benzingespräche, wie meist bei freiem Eintritt, die Stacheldrahtrollen ziehen bei gutem Wind unter lady-crime-sax-o'bastard vorbei, fliegen da nicht schon wieder die Sessel aus dem Bunker, hoher Aku thee, man hat den E-Stuhl verpönt, gute Idee, dann verwendet eben der Photograph den Bunker als Dunkelkammer, bei drei begrüßt er Gafgo Anwalt, der die schnelle Absicht hat für den ersten Eindruck, sehr leicht ist zu schweigen, daß dieses falsch, wenn man die Triviae mancher Chosen gegen die Zukunft hält, in der durch Chemikalien C-Moll und A-Dur selbe Karätigkeit aufweisen, dies wird mittels Vergangenheit (herabfallende Hufe) ausgefellt, in jedem Fall wird man ob seines Unendlichkeitwahns ergriffen sein, in seiner Wut erhängt der Käptn das Pferd am nächsten Telegraphenbaum, auch Schuchow lacht (A. Scholsenizyn-chad Merryman), das, mein General, ist das traurige, Glas fällt in Uganda, was hinuntergefallen ist, war oben, das wär' schon eine schöne Rede, altes Heroin fliegt nicht so leicht in die Luft, mit einem Wort, mein General: Meine Tante überwies mir einen Batzen Geld. Ihr Kanu hatte ein Loch. Ich fuhr wieder in den Kongo. Mit einem gedämpften Räuspern veranlaßte meine Wenigkeit Asmara vorübergehend zu verduften. „Hei Gebieter", grüßte ich Nat Mufti, seine Hütte im Stechschritt betretend. Auf der Feuerstelle briet ich ihm ein mitteleuropäisches Bachhuhn (sic) und so fort ein halbes Mondjahr, bis Uhuru-Massa impotent und allein mit seinen Gedanken sich in die grüne Anonymität des Dschungels flüchtete.

Dr. Mayoran Madjoub überführte, berührte Asmara mit geschickten rechtslinks und anderen verschlungenen Bewegungen seiner Hände in meine Ex-Gestalt, so daß wir bald wieder das flotte Paar von ehedem ergaben. Frank hatte einen superklugen Geldscheißer, er machte nur Falschgeld.

Ich hatte von einer Lokalzeitung den Auftrag erhalten, jeden Tag innerhalb eines Spots, einer degenerierten Kolumne, einen ebensolchen Satz zu schreiben, wofür ich per Satz 140 neue Dinar in österreichischer Währung bekam. Als Ausweis, wie leicht/schwer ich mein Geld verdiente: Die Österreicher sind ein wunderbares Volk, wenn sie am Fenster sitzen, zieht oft das ganze Leben an ihnen vorbei.

Wer über den Utilitarismus islamischer Determination keine Bauklötze staunt, wird sich auch über folgendes nicht wundern:

An jenem Tag, an dem es für gewöhnlich Pickelhering über dear old England regnet, fiel Teer, Bitumen, Pech und anderes Picki vom graumelierten Himmel Albions. So geschah es, daß die weiße Kieferstation England (F. Mayröcker, waddaya mean) schwarz bis zur Wurzel wurde. Alles Getier, Gesträuch, Gehöft und selbander diese Menschen wurden schwarz.

In Yarbridge, einem kleinen Flecken in den Midlands, gab es eine Schar von Männern und Frauen von romanischem Wuchs. Sie bildeten unter dem Namen Chuka plus eine von den vielen landesüblichen Sekten. Ja, also die Schwarzwerdung des merry old country bedeutete den Leuten von Yarbridge, ihr bisheriges Leben aufzugeben und eine Unterwassersekte aus dem Boden zu stampfen. Der Führer jener kultischen Gemeinde, Oberst Holly, weigerte sich, die Ablichtung dieses Umschlags zu ermöglichen. „Das heißt, hätte er sagen sollen, aber er war zu schwach, wie kann man den religiösen Sprung den Kettenrauchern weismachen, wo es wohl erst unter ferner liefen einen Sprung ausmacht".

Müde, das Circle-Training hatte ihn vollkommen fertig gemacht, verließ er Yarbridge hinaus in die Welt, wie sie im Atlas steht. Er war einer der Wenigen, die nie auf die gleiche Art durch die selbe Türe gingen. Äh um einen geeigneten Ort, natürlich unter Wasser, für sein Glaubensvolk zu finden. Da begab es sich:

– Aus Liebe zu Antiquitäten mit einem Pessar zu stempeln, drum schreiendes Baby tötet Vater oder Kirche vor Pferd getöteter Vater schreit Baby; als sie wußte, der Tod würde kommen, nahm sie schnöll ein paar Sorten Schlafmittel, um ihn im Schlaf zu überraschen.

GEDULD:

– Die von der Österreichischen Verbundgesellschaft erbauten Stauwälle in den Hohen Tauern brachten es mit sich, daß einige voll intakte Ortschaften unter den Wassern der Schnee- und Gletscherschmelze ihrem Absterben überlassen wurden. Diese ertrunkenen Kommunen hielt Meister Holly top für geeignet, seinen Brüdern und Schwestern verwandter Körpergröße Ort und Platz zu bieten, ihren Glaubenseifer von einer Erlösung in die nächste zu steigern. Der beständige Überdruck auf ihre Gehörgänge würde sie wohl gegen die Einflüsterung des Bösen stocktaub machen.

Aber es kam nicht dazu. An den Ufern des Kaprunerstausees wurde der Oberst auf einmal richtig matt und patsch. Er fühlte den Tod herannahen. Die kleinen Freunde umringten sein Sterbelager. Aber wie sehr staunten sie, als sie vernahmen: „Geliebte, merkt euch zweierlei, wenn ihr naß seid, geht in den Krankenstand, und beim Zeichengeben immer einbiegen“. Weil es in seiner Predigernatur lag und seiner Vorstellung vom Glück keine Zukunft mehr im Wege stand, hielt er ähnlich wie einst Erasmus von Tottenham ein Büschel Riedgras in den Händen und dieses für letztendlich doch wahr, daß man ihm das Kinogehen schon lange vor seinem bald nahenden Tode verleidet habe, nachdem er beobachten mußte, daß er einem Geschehen nicht mehr unschuldig wie ein Kind gegenübertreten konnte, sondern seine Haut in rasenden Wutanfällen beschädigte, wenn die Schemen und Schatten auf der Leinwand nicht seinen Intentionen gemäß agierten, da blieb ihm natürlich noch der naheliegende Weg der Religionsstiftung. Gala-Exit, Teepause.

Es wird immer leichter, in das Rätselgeschäft einzusteigen, davon wissen die Gendarmen ein trauriges Lied zu singen, mithin war es ein Geräusch, als wie wenn man von einem Erdbeben liest, etwas unangenehm, wenn ein Cowboy die Regel bekommt, noch unangnehmer, wenn die Mumien ausschlüpfen, quien sabe, vom persischen Teppichweber, der sich so verzweifelt liebte, daß er sich in das Muster eines Samum verwob. Alles ist relativ, alles ist absolut, wieviel macht das, oh, ich nix dumm, ich anderen Firma, fuffzig Pfennige mehra, die Katze ist gar kein seltsames Tier, vorne ist der Beginn, und wenn sie weg ist, tanken die Mäuse ihre Anwesenheit, gnadenlos unlocker, Existenzphilosophie ist aber auch ein seltsames Wort, jugoslawisch Folk-Pop-Soul, die Bestätigungen waren tollkühn, wie ist das möglich, no lo so, statt Brot haun sich meine Frinde die Brotschn eini, yo sabe.

*

Einige Wochen nach Dagen Ho, was in Schweden wenige Zeit nach Einführung des Rechtsverkehrs besagt, verließ ein Autobus der Betriebsgemeinde Celle ein Fährschiff der Stena Line, um von Göteborg aus den skandinavischen Kontinent mit touristischem Ende zu befahren. Der Autobuslenker hatte also insofern mit der hier herrschenden Verkehrsordnung von vornherein keine Schwierigkeiten. Er konnte sich, wenn ihm danach zumute war, in diesem Bezug voll und ganz heimisch fühlen.

Peter und Christine verließen gut gesättigt und zufrieden mit ihrem kulinarischen Erlebnis ein chinesisches Speisehaus in der Nähe des Göteborger Hafens und wanderten routinemäßig verliebt, also in etwa verlobt, die abendlich wenig belebte Landalagatan hinauf. Womit unter anderem mitgeteilt werden will, daß diese Straße, von dem einen oder anderem Ende entlanggeschaut, eine kleine Steigung oder ein sanftes Gefälle aufweist. Jener Autobus fuhr mit ungefähr 30 kaemha jene Straße herauf, womit gesagt sein will, daß er sich hinter dem Liebespaar auf der kleinen Steigung in Bewegung hielt; vermutlich deshalb so langsam, um die Frauen und Männer auf den weichgepolsterten Sitzplätzen die ersten Unterschiede zwischen der Heimat und der Fremde dortzulande erfahren zu lassen. Christine mußte niesen, aber eine bannende

Gedankenbewegung dürfte die Lungenentzündung in Front wieder vertrieben haben. Indem er sich ohne näheren bestimmt aber weiteren Grund umschaute, wurde Peter des herannahenden Autobus' und auch dessen deutschen Polizeikennzeichens ansichtig. Peter ist Österreicher.

Ein inspirierter und gründlich ausgebildeter Psychoanalytiker, welcher Schule auch immer, könnte die Kausalität des sich nun entfaltenden Geschehens sicher präziser als ein plumper Wahrsager aufzeigen. Peter wurde nur folgender Gedanken habhaft: Diese Deutschen oder Ausländer mit ihren Vorstellungen vom schwedischen Sex; o.k., da bietet sich eine hübsche Gelegenheit, etwas fingerabdrücklich Beschaffenes über sich zu erfahren und eine Überraschung aufzuwarten.

Der Autobus fuhr gerade auf der Höhe von Peter und Christine. Blitzschnell ließ Peter seine Jeans herunter und zeigte den Touristen seinen weißen Hintern in voller Ausführung. Die Deutschen lachten gutmütig herzlich und fanden die Angelegenheit gelungen. Ein Schwede, der von einem kleinen Papptellerchen Kartoffelpuree schaufelte, schaute sich das ganze mehr oder weniger positiv, im philosophischen Sinne des Wortes, an. Als Peter sehen mußte, wie die Opfer seines Zusammenspiels von unterem und oberem Bewußtsein aufgelegt waren, riß er dem Schweden die Potati aus der Hand und warf das Mus nach dem Autobus, wo es bis zum nächsten Morgen kleben blieb.

*

Der Thee war eiskalt. Samstags stand Leonhard Ertvecz vor Schlangen- u. Brillengeschäften. Stets zierte ein freundliches Lächeln sein Gesicht. Häufig sogar mehr als das. Vor Freude über die Dinge, die er Gott sei Dank fern seiner Ahnung ahnte, stand ihm hellblauer Schaum auf den Lippen. Unverständige Passanten würden in ihm einen Epileptiker in voller Fahrt vermuten. Zu restlichen Zeiten der Woche war er ein bis zur Verletzlichkeit eigenwilliger Altsaxophonist. Statt des üblichen Mundstücks, am glücklichsten von der Firma Cley & Imprive, societas anonyma (wenn die Cops kommen, ist niemand da), hatte er an sein Saxophon einen Schnuller angebracht. Auf diese Weise hat er sich das Daumenlutschen abgewöhnt; zuvor konnte er bis ins reife Mannesalter nicht und nicht davon lassen. Zumal die Freundin seiner glücklichen Stunden diese Addiktion als liebenswerten Hauch physiologischer Verrücktheit begünstigte. Irgendwie hat sie wohl gefühlt, daß hier eine Kompensation am Werk ist, der zuvorzukommen sie selbst nicht genügend Sehnsucht hatte. Sie versah sich durch lange Zeit mit Joseph Roth als ihren begabten Lieblingsdichter.

Am vierten Juli ds., mithin einer Zeit höllischer Hundstage, wurde Leonhard gebeten, mit seiner Gruppe, die aus ihm und vier Bassistinnen bestand, die ihr dum dum mit ihren klaren Mädchenstimmen contrapunktisch opponierten, einen Abend für gemischtes Publikum zu bestreiten. Die Organisation, der an den Diensten Leonhards gelegen war, wünschte den Abend unter dem Motto: Der Untergang der Religion ist endlos, über die Runden zu bringen. Man trat so auch des weiteren an Leonhard mit der Bitte heran, sein Programm inhaltlich dieser Phrase zu integrieren. Leonhard fragte nicht lange, sondern versprach, alles diesem Sinne gerecht werden zu lassen.

Die Mädchen ließ er einfach melancholische Donkosakenlieder in präzis deformierter Stari Prama Harmonik zu den hügelig pulsierenden Baßlinien eines wichita vortex trainsongs trällern. Er selbst trat vor das Publikum mit einer höchst graphischen Partitur unterm Arm, die er den Leuten aber schon zeigte und als sehr schwer spielbar kommentierte. Danach legte er das Blatt auf den Boden der Bühne und sich selbst dazu. Er nahm den Schnuller in den Mund. Selbstverständlich kam kein Ton aus der Pfeifn, aber nun begann er das Altsax entlang gewisser Linien der Partitur zu ziehen und zu verschieben, und siehe da, ganz fremde Kratzgeräusche, bukolisches Scheppern, quietschende Glissandi, wässerne Tonkluster, lautlose Klangmikroben, yeah, yeah, Appreggios bis zum bitteren Ende des zuständigen Vokabulars entlockte er auf diese Weise dem Blatt Papier.

Mitten im p.t. Publikum saß ein teilweise außergewöhnlich schönes Mädchen, das, von einem Wolfsrachen leider etwas unter ihren Anspruch gespült, mit glühenden Augen nach Leonhard guckte. In Gedanken überschlug die Biene die Einkünfte des heutigen Konzerts, ob es wohl schon zu der langbedachten und heißersehnten kosmetischen Operation langen wird. Dann wird der Leonhard gewiß seinen Schnuller in die Ecke stellen und durch ein leicht ansprechendes Mundstück ersetzen. Sie schwelgte in wunderbaren Melodien zartester Markenartikelhaftigkeit, die Leonhard beim Morgengrauen über den Fluß schicken wird, der unter ihrem Balkon leise gurgelnd die Kellermauern unterhöhlte.

— Die sanften Töne des Mädchenquartetts strichen wie die Nebel des Donezbeckens in spiraligem Dräuen und Wallen durch die Bierhalle, sie lullten die Audienz sachte in transzendierenden Schlaf, während die Tonfetzen, Kloaken, Kratzer, Kaskaden der Papiermusik Leonhards bedenklich in die Sackgasse bemerkenswerter Gedanken geriet.

Obwohl die Sonne schien, fiel die Psyche, der Frisiertisch eines 500-DM-Appartements der Frau auf den Fuß, den sie ihrem Enkel als Spielzeug in eben diesem Augenblick verspricht, aber der Bub hat sich über die Aussicht auf eine Prothese vor Freude einen Stiefel gelacht. Der nämliche Bub warf ärgerlich die Zigarette in die Gosse. Nach einer Vierteldrehung links machte er sich auf den Weg, die Treppen zu seinem Volksschullehrer hinaufzusteigen. Der Mann fragte den kleinen Mann: „Ja was willstu denn, kleiner Mann?“ Der kleine Mann sagte: „Ich wünsche Ihnen viel Erfolg auf Ihrem weiteren Lebensweg“. Der Mann machte eine halbe Drehung und beklagte folgerichtig: Gegen die Vergangenheit ist kein Kraut gewachsen. Der Junge entfernte sich im Wechselschritt. Im totalen Winter fand er Zeit, Ort und Stelle über den freien Willen ganz schön pathetisch zu befinden: Man hat den freien Willen, seine Situation zu erkennen, nicht aber sie zu verändern, es wird immer seine Situation — ah das ist zu traurig und übersteigt unseren Glauben — alright/verstehe.

Die 31 erschienenen Stadträte verzerrten in der Spuckstunde ihr Gesicht in wildem Reportagestil, wenn das selbe Treiben einen Sinn in sich trüge.

Die beiden formlosen Enden des Dämons flossen zu ihrer Mitte und erweckten Barbara Rohrbiegers Denunziationsdeutsch, die das verwirrende Mondscheinlächeln des fünfprozentigen Leistungsverfalls jener Oktan-Freiheit einem in der endlosen Geschlossenheit verschwindenden Slawen nachschickt. Einamal gehts, einumal gehts nicht. CIA-Ballett.

Das alles mag nicht weiters verderben, behält man den Widerhall der letzten Schritte eines römischen Legionärs im Ohr, der, von Syphilis zerstört, an einer der berühmten Säulen des Forum Romanum niedersank. Sein Mund, nachgezogen einem gotischen Eselsbogen: „Vid bellum omnium in omnes, nos poloni non curamus quantitatem syllabarum“. Die rote Schauspielerin, ein Geist, der um jeden verlorenen, auch noch so schwachsinnigen Gedanken trauert, eine Hetäre, der ganz verworfen Rom die Füße küßte, hatte ihn abends mit wehenden Haaren, id est kurz, aber widerlich angeblödelt. Hehe, am Morgen sah er sie mit zerschlagenem Gesicht zum Milchmann kriechen, speaks de grandprix writer mit hochtourig laufendem Sprachmotor.

Die fünf Peiniger waren sich einig, aber was die Brisanz ihres Ensembles ausmachte, kein Schlag klatschte in Begleitung eines anderen auf den Rücken des XY-weiß-alles.

Der Nebel stieg aus dem halbverfaulten Laub und breitete sich über die verlassenen Spielwiesen der Kinder und Gnome wie über jene dem Auge vorbehaltenen Erholtissues-grün.

John Dillinger und Humphrey Bogart schlendern betrunken durch detention park. Die schwarzen Mantelkrägen der schwarzen Mäntel hochgestellt, bleich. Sie hatten eine lange Nacht angestrengten Pokerspiels dem Morgen übergeben. „Komplett meschugge“, murmelte der leicht fröstelnde Humphrey. Er behauptete John gegenüber, daß er sich von Frauen prinzipiell nichts sagen lasse. John sagte: „Ah so“. Die richtige Antwort wäre aber naja gewesen. Er scheint sich auch ein wenig erkältet zu haben. Wider alles Erwarten nehmen sie auf einer Bank im Park Platz, wider alles Erwarten nicht um auszuruhen, sondern um ein bißchen in einer Pidgin Ausgabe Alfred Paul Schmidts „Als die Sprache noch stumm war“ zu blättern. „Hervorragender Mann“, so Dillinger, „äußerst korrupte Hellsichtigkeit, wir werden ihn vielleicht für einen Job vorsehen. Wahrscheinlich ist er allein in der Lage, eine minutiöse Darstellung meiner Flucht von

Trofaiach nach Mautern zu geben, welche ich mit großzügiger Unterstützung Erzherzog Johanns, der damals in Vordernberg seine Eisenhämmer installierte, ins Werk setzte. Der tatenreiche steirische Prinz erwies mir seine Gnade durch die Beistellung seines persönlichen Adjudanten Humphrey Bogart, der nun neben mir auf der Bank in detention park sitzt und fröstelt. Das hochdotierte Idol von den menschenleeren Quais des New Yorker Hafens, inmitten der Nacht mit den Ausdrucksmitteln null komma pretties, doch einem von Enttäuschung und Zynismus aufgeschwemmten Gesicht, führte mich an steinernen Schulbauten und hinterlistigen Blikken einheimischer Dampfplauderer und Rotznasen sicher vorbei, hinüber nach Mautern an der Liesing, wo ich den Wiener Walzer bestieg und als französischer Abbé ins sichere Salzburg gelangte. Selbst die labile Bevölkerung Berlins zweifelte nicht am Erfolg meines Unternehmens."

Später in der Schau zeigten sie einen Fisch, der seinen Namen schreiben konnte. Darauf trinken wir einen!

Oder ich könnte das so machen, vor Ladenschluß entleere ich meinen Blinddarm und dienstags gehe ich Steckbriefe suchen, am Fluß, während eine bunte Schar extremer Langschläfer, im entspinnenden Fall könnten Wasserbauer ebenso auf den Plan treten, sich taktvoll über die Treppen des Büros für weltweite Gesundheit stahl, als sie zweier Diebe gewahr wurden, die hypnotisch damit beschäftigt waren, den amtlichen Giftschrank zu entleeren. Die Gruppe dachte vornehmlich entsprechend dem folkloristischen Denkleisten „Beim Stöhn braucht da Mensch a Ruah". Einer dieser manierlichen Menschen, das Doppeltalent James Diringer, stand nun vor der Entscheidung, sollte er sich singender Drucker oder druckender Singer etikettieren; schließlich schüttelte er konsterniert das Haupt, die Rübe und meinte: „Alle Menschen haben einen Klumpfuß". Und kaum wachte er auf, mußte er schon einen grundlegenden Unterschied zwischen seinen Händen bemerken. Erdäpfel sind alkalisch.

Sailorman Popey kam im Verlauf seiner Karriere auch unter die Fäuste eines von random house dirigierten Roboters, der Popeys Kopf mit einem Schlag seiner unwiderstehlichen Faust in dessen

Brustkorb schickte. Als er, dort häuslich, seine Augen auftat, blickte er durch die Löcher seines zerschlissenen Magens in diesen hinein. Oh hallelujah, wenn man diese Verdauung sieht, wird man allerdings zum Quietisten, um möglichst bald als Rohwert wieder auf dieser Erde oder einer anderen herumzustreunen. — Einen besonderen Fall von Koinzidenz berichten AP, UPI. Ein gewisser Julian Pratza, retirierter Buchmacher, nicht lizensiert, habe das Versagen, das Wort Scheiße mit seiner eigenen an die weiße Front einer Unitarierkirche in Vermont, Va., zu schmieren, mit demselben kommentiert. Der Mann wurde bei seiner Festnahme aus einem Pfuhl von Laster und Sünde gezogen. — Ein ungewöhnliches Rendezvous beschrieb Dr. Masters im Zusammenhang mit seinem eigenen sexuellen Erleben. Angelegentlich eines Orgasmus befällt ihn pünktlichst heftiges und nicht abweisbares Gähnen.

Der Zigeuner sagte: „Alles Unsinn, werde katholisch und lerne Hakenschlagen".

Auf seine alten Tage wurde er Kasanowa, der zwölfte Lord Feldspat, der den Zwischenraum seiner Zähne mit negativ belichtetem Photomaterial ausfüllte und bisweilen mit einem TNT-Augenaufschlag in aggressiver Langeweile Löcher in die Luft stierte, mit Vorliebe, wenn er mit fröhlichem Peitschenknall und fröhlichem Schellengebimmel durch die endlosen Weiten der verschneiten Tundra flitzt — endlose Weiten, die nur von einzelnen verkrüppelten Zwergbirken unterbrochen werden, die sowohl die deutschen Amateure beider Weltkriege als auch schon Napoleons Profis an die Schönheiten ihres heimatlichen Waldwuchses erinnerten — eingehüllt in den Muschik-b.-Master-Pelz des russischen Bären, bis er in ewiger Wiederkehr der Ereignisse auf eine Bauernschenke stößt, wo er sich, der eingefleischte Seemann (nun verstehen wir das allegorische Auftauchen Popey the Sailors), auf ein Glas Rum niederläßt. Nach einer gewissen Höflichkeitsfrist hat er den Wirt so sehr in sein Herz geschlossen, daß er gleich dessen Telephon in der Küche benützen muß. Über Tausende von Meilen ruft er seine Schwägerin im Kaukasus an: „Schwesterchen hallo, I speak tonight for the dignity of mind, was sagst?" Der gute Rumfreund vermeinte im fernen Kaukasus, das dumpfe bwöörhhöör von Nebelhörnern an sein Ohr dröhnen zu hören. Es war ein reifer Sensualismus. „Schwesterchen, was tutet im Kaukasus?“ „Sei unbesorgt, mon cher Schwager, es ist nur der Opa, der den alljährlichen Osterputz der vielen Brieftaschen, die er in seinem erfüllten Leben an sich versammelt hat, mit solchen Urlauten aus längst versunkenen Zeiten untermalen thut.“ Und nun erinnert sich der XII. Lord Feldspat, daß der alte Opa von den sanften Grasmatten des Kaukasus als erster Mensch auf der langen Geraden von Le Mans mit 380 km/h auf einem Porsche Fylfot die Luft zerteilte. Der tonnenschwere Fahrtenwind riß ihm das Gebräu seines Kautabaks vom spastisch verkniffenen Mund und verteilte es in feinsten Schauern über die vom Rausch der Geschwindigkeit in Demenz gefangenen Zuschauer auf der Haupttribüne. Nach der Arbeit ging er in türkischen Pluderhosen voll mit Kaugummiresten und einem Seezecker leichtfertig über die Schulter geworfen, in dem er lediglich einen langen Franzosen (Spanier, Engländer) verbarg, ins Tonkino, wo er sein Augenlicht einem Film namens Libido entgegenhielt.

Bei rein operativem Denken kann man das saftige Gras nur fressen, bei assoziativem kann man beobachten, wie es, gleich peristaltischer Neonschrift, vom Horizont verschlungen wird; aber am Ende ist einfach der Sprachgebrauch das wahre Faustrecht in der Gesellschaft (Traminer Weinstube).

Zur inneren Erbauung saßen die teeny boppers der Clochard Siedlung oft stundenlang bis in die Nacht hinein auf den Koloniakübeln der municipalen Mistbeseitigung und rauchten und schwatzten. Dem Passanten lag nahe, bei dem angenehm friedlichen Bild, sein Teil zu denken. Aber was sollte er mit seinem Teil beginnen, wenn er bereit war, nichts zu besitzen, und auch das Verschenken als Besitz ansah.

1938 ärgerte sich Opa über seinen steifen Mittelfinger dermaßen, so hackte er ihn kurzweg ab; daß er dabei geschickt vorgehen mußte, versteht sich als selbstverständlich.

Die Anwendungsweise des fade-outs ist ähnlich der des Ohnmachtsanfalls — bei Blähungen ist nur eines von Vorteil, die Hose kann nicht herunterrutschen.

Zu allgemeinem Wohl, zäher Kreuzritter, wirft die Erkenntnis, daß auch dem Einzeller eine Verfassung eigne, die Kraftlinien analog zur Reflexion aufweist, ein zur Kopfwaschung anregendes Licht auf die Geschichte.

Ein Beryll schien im toskanischen Hinterhof des Hauses Hammerstraße 12 aha zu explodieren, just als mein Vater, Angelo Traeger, den ausgelesenen Messagero zum Fenster hinauswarf. Er zog seine Hand aus einem braunen Fäustling und steckte sie in rhythmischer Gegenbewegung, wie man einen Gedanken aufbaut und wieder zerstört, in eine Hosentasche, wo sie mit den Fingerkuppen auf einige Magenpillen stieß.

„Ihr glaubt wohl, ich hätte Angst", schrie er in Richtung der Verwandten aus Bayreuth, die sich, bis auf die eine oder andere, den Gedanken des Konformismus evozierende, Ausnahme, verhuscht und brutto um das Herdfeuer scharten.

„Zum Zeichen, daß ihr euch täuscht, Mama, da ist der Brief, den unser Sohn heute, wie gesagt am 17. dieses Monats an uns geschickt hat, es geht ihm gut, er geht in die Fahrschule." Mit Genugtuung stieß er sich eine Nähnadel in den rechten Oberschenkel.

Fünf Minuten formloser Stille legten sich in das Wohnzimmer, das ein wenig die schnoddrige Alteingesessenheit eines Bistros imitierte, ehe der Restaurator, der wie alle Jahre im Altweibersommer den Stuck des dreihundert Ellen langen Hauses der Nachwelt zu erhalten trachtete, mit einer Spachtel zum Fenster einen guten Morgen hereindeutete. Ich selbst, Hermann Zeitlin, Bastard meines Vaters, bat einen unserer Bayreuther Verwandten, Max mit dem Knax, meinem Vater eine Zigarette anzubieten.

Angelo Traeger lebte zu einer Zeit, als am Nordrand Bilbaos Cafeterias wie Kohlrabi aus dem Boden sprossen, in denen der Kaffee auf den Inkufakefließen häßliche braune Flecken zurückließ.

Mit energischem, man war versucht zu glauben, peremptorischem Guruguru befahl mich unsere Hauseule an die Wurzeln ihrer Sumaflex Empike Zeder, um aus dem in einer Astgabel steckenden Almanach vorzulesen. Willig und mit Monitorintonation las ich:

Ob grün, rassig oder blöd
Mittelstand in der Mitte steht;
Ende ca. meridiem.

Erleichtert schloß ich den Almanach, denn der Text hatte mir doch beträchtliche Mühe abverlangt. Ich blickte in die Runde der verwandten Arschlöcher, die mir insgesamt beruhigend zunicken. Nur der Vater hatte die Augen geschlossen und äußerte, daß er in Gedankensprüngen das Trampolin Aosta frequentiere. Warum bat ich den Vater, meine Familie im Prisma des Identitätsverlustes, der andernorts als Gewinn an Massensubstanz zu Buche schlägt, betrachten zu dürfen?

Eine schöne Cousine aus Bayreuth öffnete das Piano und schlug die Eingangsakkorde zu „take the A train" in die Tasten. Sie wiederholte das Gespielte, das Mädchen schloß das Piano. Mir schwante gleich, daß sie keine Jungfrau mehr war, zumal sie beim Sprechen lispelte. Der Anflug eines verlogenen Lächelns zog mich zu ihr hin. Ich brauchte mir ja nichts dabei zu denken oder besser, ich konnte an nicht zur Sache Gehöriges denken. Über den blauen mittelhohen Himmel zogen zwei vierstrahlige Militärjets dünne Kondensstreifen.

Ich fragte die Cousine, ob sie ihre Füße im letzten Weltkrieg verloren habe. „Nein", antwortete sie anmutig, „bei einer Wette". Kleine Schweißperlen standen auf ihrer Stirne. Ich reichte ihr ein Kleenex. Im Fenster beobachtete ich, wie sie es in ihre Handtasche steckte.

Zum Abschluß des Familienzusammenseins forderte uns der Vater auf, einen gemeinsamen Blick durch das Fenster zu werfen, der den einsamen Maler, seinen ex pronto Feind, treffen sollte, welcher im toskanischen Hinterhof seine Zehennägel in einer Weise beschnitt, die uns verführte, sie als die Explosion eines Berylls zu entschleiern.

Also sprach der Herr an der Waldspitze: „Von den Geisteskranken bin ich wenig angetan, wiewohl auch sie meine Geschöpfe sind, aber der eine Teil ist dermaßen verrückt, daß er an mich glaubt und der andere ist so kolossal übergeschnappt, daß er nicht an mich glaubt, so verbleibe ich denn euer

Polizeipräsident und werde hoffentlich noch viele Morde aufklären."

Wenn ihr eure Koffer in den Inn schmeißt, bin ich immer dabei.

Auf die Stirne wollte er sie küssen. „Tulli ist's, und die Schwalbenschwänze glänzten im breiten Sonnenschein." Er nahm ihren Kopf vorsichtig wie einen Lampion in seine Hände und verrichtete ein bißchen Brutpflege.

„Meine liebe Allerliebste, der Arzt, den ich heute aufgeläutet habe, sagte mir am Apparat, daß du ein Kind erwartest, so was habe ich schon lange nicht mehr gehört. Wer isses?" Die Maginta hatte schon vorher angefangen, genüßlich zu lachen und setzte es jetzt genüßlich fort. „Weiß nicht", sagte sie ab und zu, während sie Luft holte, um weiter lachen zu können. Der Fladl schaute ihr seismisch in die Augen und drehte das Radio an, das aus seiner Brusttasche hervorguckte. Das Radio spielte Radio Montenegro, der seinem Sprecher jene Nachrichten verlesen hieß, die die Welt nach Titograd verschlagen hat. Andächtig lauschten sie den raznici plem samo cavapcici, während sie sich sachkundig küßten und solcherart in einen flotten Fick am Kanapee mündeten.

„Du", sagte Maginta, ließ den Fladl aber einmal abschnaufen, „du bist der Papa".

Man muß sich vorstellen, daß sie mit dem Zeigefinger mitten auf Fladls Stirne herumpeckt, als möchte sie sagen, „du Dummi du". So etwas macht sich unwahrscheinlich erniedrigend aus. Fladl tat etwas Unerwartetes. Er trug eine Krawatte.

Die Uhr, die ständig an der gegenüberliegenden Wand hing, eine wertvolle romanische Sandsteinuhr, sauste zum Fenster hinaus. „Aha, heut hamma Uhrensausen", konstatierte Maginta „gemma sich was genehmigen!"

Im Wirtshaus gegenüber ließ sich irgendwo ein junger blonder Mann nieder. Fladl schaute auf, sein Blick fiel auf das Gesicht des jungen Mannes. Durch einen wahrhaft plötzlichen Widerwillen, dieses Gesicht zu betrachten, einen Anflug von Gelecktheit, den dieses Gesicht abzuschicken schien, entfernte er seine Augen von dem Anblick und ließ sie wieder über die Zeilen der Zeitung laufen, ohne allerdings davon besonders gefesselt zu werden. Er war nämlich im Begriff, sich plausibel zu machen, wie dieser unmittelbare Widerwille über ihn gekommen.

Das Naheliegende, so meinte er Antwort darauf zu erhalten, sei es, nochmals dieses Gesicht und zwar etwas länger, mit etwas mehr fairness zu betrachten.

Es war von einer etwas verquollenen Schlankheit, das Haar hing dem jungen Mann in langen glatten Strähnen in den Nacken, von den Schläfen war es in sanftem Bogen hinter die Ohren hinunter zum Halsansatz gestrichen, wo es sich leicht nach außen wölbte. Fladl schaute jetzt mit wachem, umgerührtem Verstand auf die Topographie dieses Gesichtes und dabei wurde es ihm zusehends sympathischer, sodaß er nun seinen Blick nur ungern auf seine neuen Schuhe richtete, die ihm, dem alten Halbschuhfetischisten, letztlich aber doch mehr gefielen.

Wollen wir nun Altmeister Dostitschevsky an die Aufhellung dieser ungefähr zwei Sphinxmaß betragenden Mattscheibe ansetzen.

Hello, this is the killer speaking, alles klar Jünger, der Geist vergewaltigt das Gefühl. Jeden Tag stirbt ein bißchen Unterbewußtsein, das Maß an Bewußtem wird ständig größer, bis dem Bewußten (Kabbala) wieder Qualität des Unterbewußten zusteht und auf diese oder eine gänzlich andere Art ist der Weltenlauf in alle Ewigkeit gesichert.

Es war ganz still. Schwere dichte Schneeflocken fielen fast senkrecht zur Erde und legten die einsame Straße mit einem Polster aus. Kein Mensch. Kein Laut. Verzagt und unbeachtet leuchteten die Laternen. Dostojewskij lief etwa 200 Schritte bis zur nächsten Kreuzung. Wo ist der Profit, wenn, dachte er, ein Mensch (kleiner Arrabal) einem bei einem Ohr hineinschlüpft, beim andern wieder hinaus will, aber in der Mitte stecken bleibt, nun, der Hut fällt einem nicht über die Ohren. Darauf genehmigte sich Old skij (sprich: skai) einen Raymond Chandler.

Well you know, im rebenumrankten Salettl saß eine ehrenwerte Runde, eine der Figuren erhob sich und erklärte: „Das ist das Geheimnis, nicht gegen Windmühlen zu kämpfen, sondern mit ihnen; meine Herren, zum kategorischen Imperativ wäre noch zu sagen, wenn sie die Wahrheit sagen, dürfen sie sterben, lügen sie aber, wird man weitersehen".

*

Die Frage des Niveaus wird auf einer anderen Ebene verhandelt — anläßlich der Vertreibung aus dem Eden Club soll es innerhalb der Adams Family zu folgender Ansage gekommen sein: „Deine Mutter hat den Verstand verloren, aber der ist ohnehin der Mühe nicht wert" — meinem kleinen zweijährigen Hauptdarsteller soll von seinen Fans folgender Satz zugeschrieben werden: „Jetzt kommt die Nacht, hat sie Schuhe an? Grüß Gott, Motor!" — Am Ziel seiner Möglichkeiten wurde der Talmudist verrückt (Werfel, Jakobowski) — wir aber kämpfen weiter, in Paris gab es überraschend viele blutige Nasen — ja ja, liebe Schlagerfreunde, so ist das Leben, Lucien bekam heuer kein Weihnachtspaket, mit äußerster Anstrengung hielt er sich aus dem Bett, aber das wird er überstehen, befriedet in sein Bett zurückkehren, die Oma wird Märchen erzählen und die Motten werden vor Heimweh ohnmächtig werden, endlich hat er ein Feuerzeug, Lucien, der vieles fallen läßt, worüber er dann stolpert, trug seiner Tante auf, im Dorotheum allerlei Gramouri zu ersteigern, die der Aha-Tschakl als objet trouve Artefakten den Kritikern unter die Weste jubeln möchte, toller Bursche der er war, wollte auch niemandes Feind sein, wurde disqualifiziert, zum Glück versprach man sich etwas davon — Wasser hat keine Balken, der Karst a detto device. Nope war Bildhauer, der sich einen Zahn ausgehauen, wenn er einen Knopf an seine Hose näht, hört er in blauen Unterhosen schmalzige Schubertliedlein, so geht es auch nicht jedem, sanft, beinahe unüberhörbar, glitt er an seine Geliebte heran: Geh' in die Küche, hol' den Hammer und töte mich, mein Körper ist meine Seele — wie bekannt sein sollte, ist mein Name Wchzirndl, um 23.30 Uhr sagte ich: Ich bin Ihnen sehr verbunden, um 0.10 Uhr treffe ich auf einen Mann by the name of Wchzirndl, der sagt: Ich bin Ihnen sehr verbunden, mein Lieblingstier ist die Ratte, kürzlich hörte ich im Radio von einer Frau namens Wchzirndl, die eine Ratte als Haustier hält — landet ein Amateurkomponist einen großen Hit, so soll er es dabei bewenden lassen, die wirklichen Nieten soll man uns, den Berufskomponisten überlassen, so Nael Hefti bei einer Internat.-Akm-Tagung — Der Wille zur Exaktheit in der deutschen Sprache liefert auch die ihr eigenen Geburten nachdenklicher Kauzigkeit — haben Sie jemals beobachtet, wie neue Tischmanieren kommuniziert werden, me not — viele sind faul, wenige aber müssen ständig gegen die Versuchung anfechten, diese Faulheit zu überwinden — es ist nur natürlich, daß der Weltrekord gleichzeitig auch Stadionrekord ist — der Gedanke, die Naturwissenschaft sei ein Produkt der Geselligkeit, versank in den Tiefen der Geschichte wie ein gespaltenes Haar hinterm Bett — guten Abend, meine Damen und Herrn, bin impotent — Qualität ist nur ein vereinfachender, zusammenfassender, verkürzender Begriff für Quantität, demnach ist alles Quantität, das ist sehr wichtig beim Einkauf von roten Schwauchteln, diese Pilze gibt es nur in Frankreich, auf die Frage der Zuhörer: Und was ist mit den Kolonien?, lachte der Geeichte, wie es sein besserer Teil verlangte, mit Freude und unmittelbar — im Zuge der üblichen auf 300 Jahre terminierten Aussprachen, James Schwarzfuß zu Sandra Stahlblech: „Ich möchte viel lieber ein Mädchen sein". Sandra Stahlblech: „Im Vertrauen, das ist auch viel günstiger".

Mahatma Gandhi traf in einer Bar der geretteten Altstadt Korinths eine noch jugendliche Krankenschwester aus Nordamerika, die ihm Abfälliges über das Alltagsleben der Neugriechen anvertraute: „Zuerst ein bißchen Freundlichkeit, dann ein bißchen Wein und dann Fuck".

Mahatma dämpfte seine Papastratos Hellas drei auf ihrem Handrücken aus und murmelte: „Bei mir ist es genau umgekehrt". „O.k", sagte die Krankenschwester und schleppte ihn ab. Nachdem sie die Nacht in einem Hotel dritter Kategorie durchgevögelt hatten, veröffentlichte die Krankenschwester folgendes: „Lieber Mahatma, life is so simple, just eat and fuck, hier hast du meine Adresse, schreibe mir, wenn du den Tripper bekommen hast". Mahatma griff schnell zu einem seiner Sinngedichte:

Es war einmal ein Kater,
der hat ein rotes Fell,
der Kater war schon Vater,
bei Katzen geht's halt schnell.

Da schaute die Krankenschwester verwundert auf seinen Pimmel. Sie öffnete das Fenster. Kalte Morgenluft strich vom Isthmus herauf über ihren Bauch, der nur mühselig von den Knöpfen ihrer Bluse in seinen Grenzen gehalten wurde. Sie drehte sich um und umfing mit liebevollem Blick die Gestalt Mahatmas, der im Waschbecken seine Strümpfe wusch. Wie diese Flasche mit dem Heißwasser umgeht, als ob der Ganges durch die Muscheln dieses schäbigen Hotels rinne.

Die zwei Giganten blickten einander Torpedos in die Augen, kalte Hoffnungslosigkeit prägte ihren Dialog, etwas mehr an Herzlichkeit hätte ihnen die Fron ihrer Selbsttäuschung klar wie Trainingsrückstand vor versengte Hirn- u. Netzhaut projeziert. Der eine der Giganten hatte Krebs wie ein naher Verwandter, er lebte nur mehr den Delikatessen der globalen Küche, das hielt ihn am Leben — für einen Kellner ist das wichtigste Arbeitsgerät eine M.P. — kannst du mir sagen, wo mein Bruder auf die Welt kam, dort möchte ich mich erschießen — KLM-Waggerl, ein Fachmann der fröhlichen Armut, wo ist der Fachmann des fröhlichen Wahnsinns — alle tapferen Gangster haben eine schiefe Nase — meistenteils sind Kritiker große Poeten und nur 1,60 groß — leider ist vielenorts mancher Mann höchst selten auf der Höhe seines Fickbewußtseins — eine Tuchentplastik, everthing is pretty — Österreich steht im Zeichen der Waage — am 12. Tage nach ihrer Regel-deadline schlief er mit ihr in 2000 m Seehöhe, you better get your kicks on route 66 — am Rande von Aleppo liegt ein Autofriedhof, „Good bye", I says to the truckdriver, der nach Bagdad weiterfuhr, „could you bring me to the chief", to a cabdriver, der Chef wollte Karten für „Ein Walzertraum" — im Küchenherd, System Machiavelli, flackert urgemütlich das „Feuer, Feuer, Feuer" — wenn man dich kennt, versteht man deine Texte um vieles (zwei Eckhäuser) besser, niemand kannte Lao-tse — blood running down my vest — am Hauptpostamt gab man mir zu verstehen, wichtige Dinge geschehen in den Bergen, z. B. Erstbesteigungen.

Um halb sechs trat der Wanderer vor seinen schönen Alpengasthof. Unter jedem Auto, das zum Fuhrpark des Alpengasthofes gehörte, war ein blecherner Kübel angebracht. Feuchte Morgenluft, allerdings schweizerischer Wesensart, wetterte um seine Beine. Nachdem er entschieden hatte, mit welchem Fuß er eröffnen sollte, schritt er kraftstrotzend voran, hinan die steilen Bergwände, getragen von einer soliden Granitunterlage schwebte er rüstig seinem Ziel entgegen.

Ununterbrochen knackte es im Unterholz. Um mich scherzhaft auszudrücken, es war gerade Schichtwechsel. Die Tiere der Nacht gaben das Staffelholz an die in hellem Tageslicht unter Kontrakt der Mutter Natur stehenden Viecher weiter.

Ganz in der Nähe war eine Stifter-Jugendherberge, die einzige im ganzen Land. Zu selbiger Zeit versuchte man dort, einige Nonnen, Hauptschullehrer und andere rhetorische Hämmer mit dem Wesen der Jazzmusik vertraut zu machen. Nach drei Tagen intensiver Unterweisung resümierte ein standesgemäß betuchter Volksschuldirektor, ehemals Oberlehrer: „Wo gesungen wird, da laß dich nieder, und was ohne die menschliche Stimme sein Auslangen findet, ‚das ist die Jazzmusik".

Das war dem dozierenden Jesuiten zuviel, bewegt von tödlichem Gram zerriß er seine Soutane, aber einige gregorianische Gesänge, die er nach arabischer Habibi-Musik konjugierte, halfen ihm, dem musiktrunkenen Ordensmann, über die ersten Schmerzen hinweg.

Obwohl das Wesen meiner Schreiberei Abschweifung ist, möchte ich mich diesmal entschuldigen und so nach dem Oppresschima der Lakaien gleichzeitig auf diesen Umstand hinweisen.

Unser Bergsteiger tat also einen Fehltritt und polterte die schroffen Steilhänge und Sturzwände total ungesichert hinunter und kam unten schwerverletzt und hilflos an. Zornig peckte ihn seine

Brieftaube aus seiner tiefen Bewußtlosigkeit. „Das hastu davon, wärstu doch in die Konditorei Punschkrapferln essen gegangen!" „Red' keine Ansprachen, flieg' ins Tal und hol' Hilfe und zwar für mich, damit es da keine Mißverständnisse gibt, aber nimm zuvor noch eine Erdnuß oder nimm noch eine!"

Die Brieftaube schwirrte wie ein Turbojet hinunter an den Fuß des Bergsteigerparadieses, wo der Vater seinen Sohn fragte: „Gehst jetzt wieder studieren?" Und der Sohn mundfaul antwortete: „Nein, ich werde jetzt wieder etwas mehr schlafen".

Alsbald hatte man in Zermatt ein Bergrettungsteam beieinander und folgte der Taube in einem Sykorski Helicopter zu dem Häuflein Elend. „Laßt mich sterben", jammerte dieses.

„Nix do, iß a Schmolzbrot, des is narrisch guat füa d'Füaß, nocher kimst mit uns, tamischer Depp, depperta", aber sonst verlor er kein überflüssiges Wort. Der Hiasgacher Sepp war einsilbig, wie John Wesley Harding in dem Film „The dirty dingus mc gee".

„Warum seht ihr mich so an, ihr hättet mich als Nichtraucher sehen sollen, mit einem einzigen Gedankenschlag öffnete ich zwei Türen, eine Polstertüre und eine Schiebetüre, liebe Bergrettungsleute, ich habe nicht mehr viel Zeit zu leben, aber prägt euch meine Worte tief in eure Herzen. Einem wohlmeinenden Verstand kann sich jedes meiner Worte zum Roman ausweiten. Vor zwei Jahren habe ich auf zwei Abführtabletten Landesverweis bekommen, nichts schwirrte in meinem Kopf herum, mein Magen knurrte wie ein Frechdachs, ein Gefühl hatte ich von mir, daß ich mich schämte, so etwas überhaupt Gefühl zu nennen. Ich wollte ins Ruhrgebiet auf Urlaub gehen. In Innsbruck, der Kongreßstadt, wollte ich Feuerschutz. Was machen die Glocken? Es war ein perfektes Defizit. Der Ernst des Lebens war immer für mich da. Schwester, zahlen, meine Strümpfe!"

„Jetzt holt die Goschn, du Armleuchter, vulledierter, geh Reserl gib eam die Fut zum Rieachn, damita wieda woass, wos Lejm is."

Das Reserl hob seinen wadenlangen Wollkittel und kniete auf die Brust des Sterbenden, so vorsichtig und behutsam es eben bei dieser klirrenden

Kälte möglich war, aber der schwere, herbe Duft ihrer Möse hätte auch einen Sterbenden von seinem Lager gerissen, wenn es sich nicht ohnehin um einen Sterbenden gehandelt hätte. Somit war ja alles klar. Der Verunfallte erhob sich samt dem Reserl auf seiner Brust. Sanft stellte er das Reserl auf die schroffe Unterlage, die ihm jetzt wieder die Welt bedeutete und lächelte dem trickreichen Herrn Hiasgacher im wahrsten Sinne des Wortes leutselig in die glasklaren Bernsteinaugen. .

Der Bergrettungshauptmann, ein gesellschaftliches Äquivalent zum Feuerwehrhauptmann, verzog sein wettergegerbtes Gesicht zu einem etwas verlegenen Grinsen und meinte: „Nix für unguat, Wandersmann, aber I bin net umsunst der Bergretter mit der höchsten Erfolgsquote im gaunzn Tol, hiaz pock ma zam und fliag ma obi, auf gehts, a obi gehts!“

*

Dynamit floß langsam in den Kanal — der Araber sagte mir, er spreche gerne deutsch, die Sprache liegt sehr gut im semitischen Rachen — behalten sie das Reisig — in der Welt der Posters: Er hatte das reine Harz, das unbeschwert in die dümmlichsten Intrigen verwoben war, eines Homo Politicus, die Tränen fielen in die Glaswolle — weil die Abfahrtszeiten nicht stimmten, erwürgte der Reisekaufmann sein Meerschweinchen — der anthropophile Philanthrop File Andre war ausgewandert, beschossen und verwundert glitt er über die Reizschwellen, ob seiner Erbarmungslosigkeit neigten sich die Starkstrommasten — kein Fleisch am Sonntag, Ketchup am Mond — mit dem Radiergummi, den ich mir nach Badeschluß noch schnell beim Papierhändler, der Verschiedenes nicht essen durfte, fand ich mein Leben lang ein Auslangen, ich verlor ihn bald und gab das Radieren auf, wenn es kalt, kaufe ich Heizmaterial, bin ich eine Maus in Acapulco, mitnichten tiefe Bewegung — von der Ahmung zu Plastilin, Ende des Hügels drum haben wir auch den Bund des Lebens geschlossen, nach Frankreich 6 km 25Dm — Cherokee Cowboy klammerte sich angeschweißt von blanker Angst, hundert Meter abzustürzen, an den Bug aus purem Schnabelgold, dessen Schiff majestätisch, slow gear motion, in den Fjord von Tanger schritt; an der Kimme der Wassercalle, pakeringsplats, am Pier gab ihnen ein stark pubertierendes Jungmädchen Brunnenkresse, ich schnappte nach Luft, literweise hätte es Bier umsonst gegeben, wer glaubt einem Mädchen aus dem Hirtenkloster, bedauernd lachte ich, Höheres im Sinn, oben jausnete ich mit gekreuzten Beinen, los gebt mir ein Taschentuch, der Tanker flog wie ein Heimkehrer durch Venedig – vor Freude glitt der alten Frau Pust die Sense in einen Maulwurfshügel, so ein Kind habe ich noch nie gesehen – wegen Blutverlust muß man ja dort nicht gleich seinen Namen nennen, der ja nur Nachdenken verbreitet, wie diese herrlich nach unten gehenden Sätze, bei denen Gutäuglein und Bösäuglein einander fragen, wieviel rinnt die Sekunde vorbei – nun ja wollen wir einmal nicht so sein, die Psychologie hat sich ohnehin und Gottseidank durch die Soziologie erledigt und diese wird ja bald in die Klassenlotterie aufgehen, was gibt es Schöneres, als einen einsamen Killer, der morgens frühzeitig aufsteht, sein Tagewerk zur Zufriedenheit seiner Dienstgeber verrichtet und abends glücklich in sein Bett gleitet, ich denke gerne an Perlmutter, zum Jahreswechsel fiel mir das Wort Toto ein – er steckte die Pistole zwischen seine Ohren und wartete bis der Herold käme, der kommt glatt und meldet: Alles ist falsch, Hitler und Dschingis Khan verzichten freiwillig auf jede weitere Nennung in den Geschichtsbüchern, vor zwei Tagen haben sie noch vor der Trafik gestanden und gestern sind sie vor der Trafik zusammengefallen oder zusammen gefallen – als ich rechts und links unterscheiden lernen wollte, ist ein Leichenzug dazwischengefahren, ich nahm meinen Hut und gab Nachhilfestunden.

*

Der Arzt hatte ihr das Baden verboten, durch allzuviel Gram und Kummer auf den Rücken orientalischer Reiseelephanten hatte ihr Unterleib Schaden genommen, ihre Hand war vom Pfotengram befallen, ihr Freund, ihr Zuhälter hatte sich auf sein Piano zurückgezogen, ihr Sohn war bei der Fremdenlegion ein hohes Tier, Alexandre Dumas ein Liebhaber gelber Seide. Trotzdem hatte sie nichts wie Roßhaarmatratzen im Kopf. In die Schule fuhr sie aus changierend zweierlei Gründen nicht, weil sie a) Grottenolme im Nachthemd verfolgte oder b) einen Anruf aus Linz erwartete. In die Schule ritt sie auf einem großen Bernhardinerhund. Sie war eines der wenigen Mädchen, das ein Buch von Ezra Pound besaß. Am Telephon sagte sie unentwegt „Nocheinmal". Sie konnte, wie man hörte, zwei Sprachen auf einmal sprechen. Sie war Bauchredner. Wenn sie jemals kochen würde, dann nur auf einem Vulkan, deshalb war sie fest entschlossen, nach Island zu heiraten. Eine Unverständnis verbreitende Gespensterfurcht bewegte sie vor dem einbeinigen Briefträger, der, und das war etwas merkwürdig, seinerseits beträchtlich auf der Hut vor dem blonden Kinde war. Samstags jedoch war er Präsident einer das ganze Land umspannende Vereinigung zur Verehrung des Samstags. Sonntags, anstatt zu ihrer Sprengel- oder Kirche ihrer Wahl zu gehen, verlor sie sich in heftigen Umarmungen eines Studenten der Theologie. Ihr Haar trug sie an einem langen Stock aus Haselnuß. Der Beha oder Bra, comme disent les americains, war stets etwas zu klein, so daß er ihren Busen allerweil zu einem pampigen Krapfen schoppte. In der Nacht schaute sie, wenn möglich, in die Sterne und in die Luft schlug sie Zeichen und Haken, das linderte die Schmerzen ihrer vom Waschbrett geschundenen Hände. Ihren Hund, und zwar den schwarzen von der Black & White Whiskyflasche, nannte sie Dreieckshund. Einfach: du Dreieckshund, Tschappi! Diesen Scotchterrier hatte ihr der ihrige Zuhälter vermacht, den nannte sie Winnetou, der, war er in Form, sie von oben bis unten mit englischen Knüttelversen beschriftete. Beide, sie wie er, toupierten sich die Haare, wenn sie etwas für das von der Regierung propagierte Fitsein thun wollten. Wenn ihr etwas nicht paßte, drohte sie nach Uruguay zu gehen.

Eines attributslosen Tages, so etwas gibt es, der Tag hatte nicht einmal ein Datum, schaue ich durch meine zwei Glaskörper, mit denen ich sehen kann, in eine Wohnküche, die ihren Bewohnern sicherlich noch sehr viel Freude machen wird. Ja wer sitzt da am Küchentisch und trinkt einen Liter Milch gleich aus der Flasche wie ein vernünftiger Installateur? Niemand anderer als der gute alte Fats Waller. Neben ihm sitzt Susanne und glättet das wichsleinene Tischtuch, das gegen Abfall aus Mund und Küche über die Tischplatte in den meisten hygienisch geführten Haushalten der Nachfolgestaaten des Heiligen Römischen Reiches deutscher Nation gebreitet wird. Mit einem Aufwischen Susannes erfuhr ich die ganze Eigenschafts- und Umstandssammlung, die Sie im vorübergehenden Absatz vielleicht gelesen haben und hoffentlich nachvollziehen können. Andernfalls halten Sie sich an Schlagertexte, die sind um es ehrlich zu sagen, auch nicht schlechter.

Beileibe stieg ich nicht durchs Fenster zu Susanne ins Gemäuer – über ihr Aussehen möchte ich nur sagen, daß ihre Wangen Vorhängen aus Chintz glichen, beinhart, vorausgesetzt, ich wüßte, wie Chintz ausschaut – vielmehr stieg sie heraus zu mir auf den ungepflasterten Gehsteig. Wollen Sie ihr das bitte nie vergessen.

Ohne Umschweife ging ich gleich mit voller Wäsche ins Geschäft und setzte gleich alles daran, ihr mein Bestes, Innerstes, im Allerinnersten bin ich ja ungefähr zwei Raubmörder und vier Schwarzfahrer wert, zu schenken; deshalb stellte ich mich mit der Geradlinigkeit eines Exekutors als der Inhaber eines seltenen Kopfzerbrechens vor. Nichts Besonderes, um sie nicht zu erschrecken, Quadratur des Kreises, im Vertrauen. Um sich ihrerseits in Position zu hieven, summt mir die Biene einen Medley aus der lustigen Schonzeit ins Ohr, einem Musical, das auf einer Schachpartie Petrossjans gegen Botwinik und Tal auf 77 Brettern basiert. Als sie damit fertig ist, beißt sie in die Knackwurst, die ihr niemand anderer als der gute alte Fats Waller zum Fenster heraushält. Also was soll ich da noch sagen?

Wir setzen uns in einen Zug und fahren nach Tipperary. Wegfahren ist in solchen Fällen ein altes, viel erprobtes Vehikel. Wir essen beim Doktorbauer gsengte Sau. Wir senden Nullsignale bei der Aufbereitung des Chaos. Ich schebber wie ein Werkzeugkistl. Sie schebbert wie ein Klubbensackl. Wir handeln mit Rahmen in der Rahmenhandlung. Wir streuen den Reis. Wir jeiken die Fisch. Wir schreiben in Reformantiqua an das Exilschattenkabinett vom Cafe Tipsi. In einem

Augenblick des totalen Vergessens (LSD) verlieren wir eine Skimütze, aber zum Glück gibt es auf der Kehrseite des Lebens süße Putzfrauen, ganz in Blau, die uns die Kopfbedeckung bald wieder aushändigen.

Stellen Sie sich vor, welche Probleme mich bewegen, gerade vorhin habe ich überlegt, ob ich ein- oder aushändigen schreiben soll. Wir kauften uns ein National Radio Set, da wir beide ausgesprochene Freunde der Drahtlosigkeit sind. Wir spalten die Gemüter, nicht aber die Meinungen. Wir schmeißen Löffeln und Gabeln durch das Bullauge der Stena Danica in die mäßig oszillierenden Schaumkronen der nächtlichen Nordsee. Wir waren nämlich dort als Tellerwäscher beschäftigt, aber das ist wieder eine andere Geschichte.

„Habt ihr heute schon gearbeitet", fragt uns der Verwalter geistesverwesten Angesichts, als wir den gestorbenen Rest unserer Großmutter aus dem Panlunatikum von Easterclaws nach Neu-Fasching zu überführen gedenken. Natürlich nicht mit einem Motorrad. Wir denken an sie allein, die Frau, die zeit ihres Lebens Schlangen in den elektrischen Leitungen vermutete. Ihren Kindern hat sie so gerne Semmelknödel gemacht und jetzt kommen die Bälger alle herrlich ohne Grammatik aus.

Wir wohnen in Räumen, die uns weder ein geistiges noch ein sinnliches Ereignis vermitteln. Im neuen Stil von Bruck an der Leitha ist über der Eingangstür eine große Faust angebracht. Wir sind unbezahlbar in des Wortes ungewohntester Bedeutung. Wir planen ein Concertino für einen Wasserhahn, drei Mehlsäcke und einen Altoseehund.

Aber ehe unsere Liebe füreinander, darum dreht sich's ja, in einen wünschenswerten Zustand der Reife gerät, durch den Schmelzofen des gegenseitigen Mißtrauens gegangen ist, müssen wir eine Reihe von Prüfungen bestehen, Trennungen aufheben, Holz sammeln, Garderoben einkaufen und andere Hindernisse übernatürlicher Geburt überwinden. Davon ist die Nostalgie nach Nishni-Nowgorod und deren Egalisierung eines der geringfügigsten Obstakel auf unserem Weg nach Nishni-Nowgorod. Neun Tage müssen wir die Ufer des Arno auf dem Rücken eines Grautieres auf- und abreiten, ehe wir der Weisung Strindbergs zufolge das

Hufeisen des linken Vorderfußes unseres Esels finden, das jener bei selbstiger Unternehmung auf sternkundliche Anordnung hin verlieren wird. Das Hufeisen sollen wir dann in den Arno schmeißen, wo es einen Fisch treffen wird, der ... – Sie kennen ja die gnadenlose Unendlichkeit der Schicksalskomödie.

Augenblicklich werden wir lediglich von seriösen Schwierigkeiten geplagt, das Eintrittsgeld für „Micky ist der Größte“ aufzutreiben. Wieder einmal typisch. Aber wo Liebe ist, da ist auch Humor. Ich erkläre kurzerhand einer Reihe von Vorkriegstypen, warum ich mich weniger an die Postmodernen halte, werden sie gleich kneißen, daß man schmutzige Wäsche besser nicht in Abwasser wäscht, sondern zuhause, wie sie's ohnehin wissen; ich gab ihnen einfach recht, dafür kann man ja wohl etwas verlangen, wenigstens eine Anerkennung. Na, die Sache klappte wie geschmiert und so saßen wir auf zwei Stunden Dunkelhaft in einer der kostspieligen Logen des Wiener Gartenbaukinos. Dort fühlte ich in ihrem raschen, unruhigen Atem und den jagenden Schlägen ihres kräftigen Herzens, das an die dünne, geöffnete Pepitabluse pochte, gleich einem verängstigten Specht, wie ihr ganzes anständiges Wesen empordrängte, sich mit dem meinen detto anständigen zu vereinen. Nichts, keine Fessel der Erde, des Himmels und der Unterwelt vermochte die Verzückung dieses Flugs zu hemmen. Wohl aber Susanne.

Sie bittet mich, ihr sonstiges Tschapperl: „Liebling, sag' etwas, ich brauch das jetzt, sag' etwas Liebes".

„Jah? Chch ab dichch liejb, mjmh?“

„Nein, nicht das!“

Also bon bueno: „Vielleicht ist die Betrachtung eines Brückenkopfes nicht sonderlich, befreit von Absonderlichem, aufregend, befindet sich jedoch in diesem mit Fleiß, Schweiß, Umsicht, Präzision und darüber hinaus aus dem Geiste der Ingenieurskunst errichtetem Kopf jenes romantische Ideal, das zu finden sich der flachgeborene Küsten- und Strandvazierer allemal scheute, so wird aus der zufälligen Alltagsunterläufigkeit ein herz- und hirnbewegendes Gurgeln ephemerer Gletschermühle, der es gut und gern zu Gesicht steht, sich all des feierlich erhebenden Fahnenschwenkens eines kurzen Lebens zu vergewissern, um ein weithin hochstrebendes Bewegtsein aus den windbewegten Lüften, den glutgelähmten Horizonten der heimatlichen Erde und dem Rauschen des eigenen Blutes im vorerst erwartungshitzigen Gesicht zu vereinen. Fürderhin also, wie Charles Dickens in seiner besorgten Weise festhält: He Babari ba!" „Junge", sagte sie darauf, „du bist schon ein schönes Arschloch".

Der Titel eines Buches verrichtet erst in zweiter Absicht seine ihm anvertrauten Pflichten, in erster bemüht er sich, eine Analyse dieser zu geben.

Da Herr Wchzirndl über ein besonderes sonor klingendes Organ verfügt, verkündete er im Laufe seines Lebens zwölf mal den Weltuntergang. Er weigerte sich dieses ein 13. Mal zu tun, da dies einer althergebrachten Ansicht zufolge Unglück nach sich ziehe.

Es ist aber trotz dieser Versagung und seines hundert Prozent komischen Namens (der auf polnisch „Man lacht" bedeutet) noch etwas Tüchtiges aus ihm geworden. Wie, das wollen wir im folgenden unseren Lesern in Stadt und Land berichten. Herr Wchzirndl barg jedes Stück Seife, das andere Menschen an allen nur denkbaren Waschgelegenheiten liegen ließen. Wenn aber jetzt diese anderen Menschen keine Seife hatten, gingen sie zu Herrn Wchzirndl und kauften ihm ein Stück Altseife ab. Da es zu vieler und vor allem wohlgesetzter Worte bedürfte – mit einem unartikulierten Vorstadtgeschwafel durfte Herrn Wchzirndl keiner kommen – das eigene Stück Seife Herrn Wchzirndl wieder abzuverlangen, und das nicht von der Hand zu weisende Problem des Finderlohns allemal entweder gütlich oder über staatliche Träger des Rechtsgedankens zu lösen gewesen wäre, schätzte man sich im allgemeinen ziemlich glücklich, auf so einfache Weise wieder im Besitz eines Stücks Seife zu sein.

Das alles spielte sich natürlich in einem gewissen Rahmen und gewissen Grenzen ab, innerhalb derer Herr Wchzirndl aber doch einen vermögenden Wohlstand sein eigen nannte. Er besaß ein Stück Land, auf dem er nach Geschäftsschluß unlustig umhertrottete.

Beständig träumte er davon, die Frau eines Großindustriellen zu entführen, in eine verlassene Tankstelle; dort würde er sie zwingen, diesen Purpurmantel umzuthun und dann würde er sagen: „Jetzt ist die Entführung zu Ende".

Es kam zu seinen Lebzeiten leider nie zur Erfüllung dieses Traumes. Ob er es im Jenseits geschafft hat?

Da er nun tot ist, wendet sich die Geschichte seinem Sohn zu, der auch Herr Wchzirndl hieß. Im Verlauf seines Lebens fiel er mehrmals mit dem Hinterkopf auf spiegelglattes Eis; daß aber trotzdem nichts Vernünftiges aus ihm geworden ist, verspricht die Geschichte in ihrem weiteren Fortgang als Nebenprodukt abzuwerfen.

Herr Wchzirndl überquerte die Eisenbahnlinie zu Fuß und verlor dabei ein Bein. Damit begann sein eigentliches Unglück. Der hoffnungsfreudige Jungtürke träumte davon, als Fußballprofi groß herauszukommen. So begann er zunächst Schauspieler und Schauspielerinnen zu befragen, wie sie mit dem Auswendiglernen ihrer Texte zurande kämen. Beruhigend verdeutlichten sie ihm, daß man das alles auf der Probe lerne. Er könnte sich nämlich recht gut vorstellen, eine Formulierung, die er den heimischen Politikern abgelauscht, daß ein einbeiniger Schauspieler den gegenwärtigen Tendenzen eines Neorealismus sehr entgegenkäme.

Aber in einem Raptus entschloß er sich, seine Person in das Lager der Versehrtenfußballer zu schlagen, wo naturgemäß die Gagen infam niedrig waren. Folglich war er gezwungen, durch nebenberufliches Betteln vor barocken Kirchen, dort hatte er erfahrungsgemäß den größten Auftrag, zusätzlich Geld an sich zu ziehen. Was seine Lage enorm verbesserte, ihn aber vermutlich als verbitterten und nicht anders als kleingläubig angelegten Mitbruder an die Spieltische der berühmtesten europäischen Räuberhöhlen trieb, wo er Unsummen gewann, die ihn, den Unglücklichen, an den Stammtisch trieben, wo er an Gelbsucht verfaulte, verarmte, vereinsamte und verstarb. Von einem Herrn Wchzirndl III. weiß die Geschichte, also ich — was soll das kindische Getue, was wir brauchen ist eine ehrliche Literatur, eine Literatur aus den Gedärmen, ha? –, daß er zwischen Wies und Eibiswald einen fahrenden Zug verließ.

*

„Kleber, Menschmeier, da nehmen Sie eine Zigarette und erzählen Sie uns, wie es war, von Anfang an. Geben Sie Ihrer Mördergrube einen Stoß und leeren Sie sie aus. Das wird ja wohl nicht so schwer sein, bei Ihrer Begabung, Ihrem Talent und in dieser gemütlichen Umgebung. Was wollen Sie, wie oft in Ihrem, zugegeben, unglücklichen Leben sind Sie schon in einem körperangepaßten Stuhl mit derart reicher Lederbespannung gesessen? Schauen Sie sich ruhig ein bißchen um und lassen Sie die Umgebung in ihrer Ausgeglichenheit, wie sie ist, in Ihr Gemüt übergehen."

Der Chef der Fahndungsgruppe Rabl, Kriminaloberinspektor Günther Rabl, hatte diese Worte innerlich zum äußersten gelangweilt einhergesprochen, äußerlich verstand er es jedoch, seine Worte jenem einzigen Zweck unterzuordnen, das Chaotische dieser Seele da vor ihm zu unterbinden seine eigene in den Orkus der Spürbarkeit zu drängen.

Kleber war verdächtig, weil er vermutlich nicht immer schon so geheißen hat. Kleber ließ den Kriminalrat mit seinen Blicken in Ruhe. Mißmutig und unentschlossen pendelte er zwischen dem Vorsatz: Entweder das Rauchen oder das Nagelbeißen aufzugeben, mit dem Effekt, daß er lustlos das eine wie das andere betrieb. Er bat den Chef, entweder im Radio ein entsprechendes Programm zu suchen oder aufs Klo gehen zu dürfen.

Der Chef befragte seinen inneren Entscheidungshelfer und bewilligte den Klogang.

Als Kleber von dieser Verrichtung zurückgekehrt war, nahm er ganz dezent auf der Armlehne des ihm angewiesenen Stuhles Platz und richtete sein Wort an den Chef:

„Chef, auf meinen langen und entbehrungsreichen Reisen durch den gesammelten Vorderen und Hinteren Orient habe ich keinen verschisseneren Schund erlebt als diesen Polizeischund im zweiten Stock, Aufgang 3. Diese meine Darstellung ist frei, lose, ohne Kreuzköpfigkeit, keine Subjektivität spürbar, nur der Wahrheit verpflichtet, etwa demütige Ostern, kein Schreien um Gerechtigkeit, aber der Besitz von Barmherzigkeit und wiederum das neuerwachte Verachten derselben; all dies ist auf ihrem Schund im zweiten Stock, Zugang 3, zu finden, zumindest für den, dem unter der Vielfalt der eigenen Empfindungen auch solche Begriffe teuer sind."

Mit einer Bewegung, die einem Torero des Rokoko wohl zur Figur gestanden hätte, wischte der Chef diese etwas verwischte Adresse aus seinem Gesicht. Dann betätigte er die hausinterne Gegensprechanlage und gab Order, alle Zeitungen aus den Polizeiaborten zu eliminieren, natürlich, Ende.

„Aber nun zu uns, Herr Kleber, wie wär's mit einem sogenannten umfassenden Geständnis, dessen Inhalt eine Reihe von unerklärlichen Mordfällen z. t. nur noch sehr knapp auf dem Staatsgebiet unser beider Heimat in luzider Plastik darstellen soll? Na, Sie Ausbund von einem Abklatsch eines Übeltäters, allez hop!"

„Moment, von woher kenn ich Sie überhaupt, aha, das letzte Mal, als ich vor Ihnen also floh, trugen Sie einen roten Spitzbart und grüne Ohren. Ja damals versteckte ich mich inmitten meiner Schafherde, die wohlgeschart um mich der ungarischen Grenze zutrieb. Ich, zutiefst verstrickt in die abschließenden Bemühungen um mein Selbststudium auf das nervöse Charakterfach hin, bemerkte gar nicht, wie drohend die ungarischen Schlagbäume parallel zum Himmel nach Wulkaprodersdorf wuchsen, wo ich Sie, Herr Chef, vermutete, wie sie unermüdlich zum Glase greifend über eine baldige Einholung meiner Person contemplierten. Sie mögen da auch Vorstellungen nachgegangen sein, die ich niemals in meinem bisherigen Leben nach ihrer sinnlichen Substanz zu dekodifizieren imstande war, da sie einem Erfahrungsbereich entstammen, denen mich ein unverdient gnädiges Schicksal begnadigt hat, aber das werden Sie, Herr Chef, ja selbst viel genauer wissen, was damals durch Ihren Schädel ging und durch meinen bis dato nicht gehen konnte. Es sei denn, Sie bedachten damals, warum aus Philadelphia das weithin bekannte Philly wurde. Kurzum, meine Schafe knabberten sich durch die Vorboten der pannonischen Tiefebene hin zu den ungarischen Schlagbäumen, wo sie, die Schafsnaturen, an den Schuhen der ungarischen Wachtposten herumzuknabbern sich einfallen ließen. Die ungarischen Grenzler knabberten ihrerseits, diese abergläubischen Schufte, jeder an einer Ignatiusbohne. Was kann ich dafür, wenn die Madjaren auf Ignatiusbohnen so gut wie überhaupt nicht eingeschossen sind und wie tote Männer umfielen. Sie können mich dafür auf keinen Fall ... oder meinen Sie den Fall in Wien, wo ich in der Josefsstadt der Ehre und Erhöhung zuteil wurde, im selben Haus ein kleines Zimmer zu behausen, das einst der Ehre und Erhöhung zuteil wurde, das unruhige und nikotinfreundliche Genie Anton Wildgans vor dem windigen Klima unserer glänzenden Hauptstadt in Schutz zu nehmen. Meine damalige Beschäftigung als Hilfsarbeiter hatte ich so angelegt:

Ich wußte die noch selten unter einen Hut gebrachten Eigenschaften Fleiß und Charme dergestalt effektiv zu vereinen, was mich in die schöne Lage brachte, das schöne Geld mit vollen Händen aus vollen Taschen den Volledies der Weinvertreibung in den Hintern zu stopfen. Eines Morgens, der sich an eine Nacht reihte, in deren Zeit, die donnernd gegen den nachtschwarzen Himmel anbrüllte, ich einem wunderbaren Nachtigaller wie ein Großer zugesprochen hatte, kam ich völlig verändert nach Hause in das kleine muffige Zimmer. Was soll ich sagen, Herr Chef, ich war Fetischist geworden. Das Objekt meiner Verehrung, Zuneigung, Liebe, ja meiner wahnsinnigen Gier, war ein purpurner Samtvorhang in meinem Zimmer, in den sich wahrscheinlich schon der alte Wildgans geschneuzt hatte. Ich stürzte mich auf den Vorhang und wollte den Fetisch meiner Gunst umarmen, verschlingen, ganz nah an mein vor geblendeter Liebe rasendes Herz wollte ich ihn bringen, und wiederum, was kann ich dafür, Herr Chef, wenn hinter dem Vorhang eine mir völlig unbekannte Person, mir völlig unbekannten Geschlechts stand, die ich — schwöre, Vater, Mutter, sterbe — in meinem ungeschickten Ungestüm zufällig erwürgte. Ich konnte ja auch gar nichts sehen, weil, so peinlich es mir ist, der ganze Vorhang von oben heruntergefallen ist und ich dem Anblick dieses kunterbunten Durcheinanders lediglich entnahm, daß es sich um eine eminent lächerliche Chose handeln dürfte, Herr Chef!"

„Herr Kleber, uns können Sie nicht papierln! Jeder auch nur im milden Maße Unbeklopfte der nationalen wie über die Grenzen unseres Heimatlandes greifender Morddezernate, der morgens mit klarem Kopf die Stätte seines Wirkens betritt und abends, Gott sei's geklagt, dieselbe rauchenden Schädels, aber fluchtartig verläßt, ist ungebeten angehalten zu wissen, daß es sich bei der damals aufgefundenen toten Person oder ergehen wir uns den Sachzwängen entsprechend besser in toter Materie um einen verwirrten, grünen Marsmenschen gehandelt, der sich in seiner vollauf verständlichen Verwirrung hinter Ihrem Vorhang versteckt hat. Nein, nein mit solchen vielleicht moraltheologischen Fragestellungen oder wie immer Sie diesen heiklen Problemkreis einengen wollen, können Sie, Herr Kleber, oder wie immer Sie heißen mögen, beim Zeus, keinem Hund ein Bein ausreißen! Was, Herr Kleber, geschah, sagen wir bloß am 1. 2. 34 in Grammat Neusiedl in Benno Stütz' Handlung, wo Sie in der Eigenschaft eines Reisekaufmannes die Fa. Thekla Reis & Söhne, Hanf- und Seilwaren, vermutlich mehr als vertreten haben. Sie wollen mir doch nicht schon wieder ein Exempel Ihrer leichthinwallenden Schwadronierkunst erbringen, so Sie mir weismachten, daß auch dort die natürliche Anwesenheit, Ihrer, so wahr es einen Gott gibt, leidigen Person, jemand vom Leben zum Tode Geschiedenen hinterließ!"

Kleber wetzte unruhig auf seinem Sessel herum.

„Müssen Sie schon wieder aufs Klo?"

„Oh nein, diesmal möchte ich doch um etwas Musik bitten, wenn möglich irgendein europäisches Kurzwellenprogramm."

„Vorsicht, Herr Kleber, es sind auch schon Hausherren gestorben. Gut, ich gebe zu, die Menschen verstehen einander heute schwerer, aber um wie vieles besser. Also wie war das mit Herrn Stütz, jetzt sagen Sie, was ist Ihnen da wieder eingefallen?"

„Herr Chef, das war so. Ich bin zu dieser Zeit, in der es ja uns allen ausnahmslos mies ergangen ist, veranlaßt gewesen, als Handlungsreisender das tägliche Brot zu erwerben. Mir ist sogar so übel mitgespielt worden, daß ich nicht einmal ein Automobil zu dem wenigen zählen konnte, das mir gehörte. Stellen Sie sich das einmal praktisch vor! Deshalb bin ich mit einem Berufskollegen herumgereist. Der Freundliche reiste im Auftrag der Ybbstaler Lagerhausgenossenschaft und war an meinem Umsatz mit ein paar lumpigen Prozenten beteiligt. Also wir kommen da in Grammat Neusiedl vollmotorisiert und gesund an Ort und Stelle. Sie können sich das ruhig vorstellen. Ich, hinein zum Herrn Stütz, und da fängt der schon an oder hat nie aufgehört, von seinen Steuerschulden, seinen Allzwecksorgen und wie ihn seine Frau hin- und herbuxtiert und ach die ganze Jeremiade mit Vorspann und in Cinemascope. Dieweilen hab' ich nur meine Pflicht getan, nämlich mein Hanf- und Seilesortiment vor die Augen des kleinen Kaufmannes gebreitet. Als die Pest seines Lamentos endlich auch über ihn herzog, wollte ich etwas aufheiternd, Sie verstehen, bloß eine geschäftliche Maßnahme, beileibe kein Dienst am Mitmenschen, auf die Tröstung meines Hanf- und Seilesortiments aufmerksam machen. Ich vermeinte ganz eindeutig eine Anspielung auf die einträgliche Handelsspanne, die man mit meiner Ware erzielte, zu unternehmen. Jedoch plötzlich, so etwas begegnet einem immer mehr oder weniger plötzlich, verlangte er nach einem tüchtigen, fingerdicken Stück Seil und erklärte, jetzt ganz Kind, er werde sich aufhängen. Wahrscheinlich hatte er eine so ähnliche Farce aus einem dieser Trickfilme, die man neuerdings in immer unverantwortlicherem Ausmaße unseren Kleinsten der Unschuldigen zu Aug und Ohr kommen läßt. Da ich doch jetzt wußte, Herr Chef, was eine Fuchtel ist und unter welcher der Herr Stütz zu stehen verdammt war, dachte ich wie folgt: Nun eilst du aber flott zu Frau Stütz und machst ihr in einfachen und hurtigen Worten klar, was der Affe vorhat, den sie am Gemeindeamt immer ihren Göttergatten nennt. Ich flieg durchs Haus, mit fliegenden Rockschößen hätt' man meinen können, hätt' ich damals etwas Rockähnliches besessen. In der Tat, ich besaß nicht einmal einen dieser damals recht gut eingeführten Lumberjacks. Wie von Sinnen schrie ich am Spieß: Frau Stütz, Frau Stütz, und immer wieder Frau Stütz. Da ergriff mich ganz unverwandt eine eiskalte Hand. Ich dachte, das ist womöglich der Eismann, ein Gelativerkäufer, und ich flog wie Zack Zamorra aus dem Wirtshaus auf eine hübsch dekorierte Garnitur Jokamatratzen. Neben mit liegt ein bildhübsches Weib und raunt mit der bewußten, verrucht-verrauchten Stimme: Darling, auf dich habe ich schon lange genug gewartet, du hast mir noch gefehlt. Also, das Weib hat mir solche Avancen gemacht, da hab' ich gleich gewußt, wo der Hase im Pfeffer liegt. Sie wissen selbst, Herr Chef, wie man in solchen Fällen als Herrenmensch auf der Höhe seiner selbst zu handeln hat, sonst geht diese Schlampe womöglich in ganz Grammat Neusiedl und Einzugsgebiet herum und erzählt, was für ein siecher Leichnam, respektive trübe Tasse einer sei und das ganze Geschäft ist dann natürlich eingemottet. Leider ist sie dann herumgegangen und hat den einfachen Menschen dieser Gegend erzählt, ich hätte den Herrn Stütz an den Haken gehängt, der für den Adventkranz bestimmt war, und da war's erst recht aus mit dem Geschäft. Ich mein, ich weiß mir in solchen Fällen natürlich zu helfen. Ich trat mit einer exorbitant eilfertig unterschriebenen Beitrittserklärung in die Reihen des Kuklux-Clan, und da, wie Sie wissen, diese Organisation ihre Geschäfte nur Nachts in bekannt vermummter Weise verrichtet, blieb ich aus unschwer einleuchtenden Belangen für lange und längste Zeiten unbelangt. Und jetzt bitte ich nicht länger an die Unauslotbarkeit meiner Geduld zu glauben. Seien Sie froh, Herr Chef, daß ich mich nicht irgendwo in zwielichtigem Schlof geheimgehalten habe, darum auch der verderbten Neigung nachgegangen wäre, junge Mauleselinnen mit schnellfüßigen Laufburschen einem biologischen Happening zugeführt zu haben".

*

Der Ekzem-Homo quartierte Wanted Vexi und mich im Hotel Vivit ein. Nach einer halben Stunde hatten wir unseren Fick weg.

„Sie hat ausdrucksvolle Augen!"

Ich betrachtete mich im Spiegel, erinnerte mich an eine Beilagscheibe, deren Rost nach zwei Teilen Salz, einem Teil Paprika und einer Prise weißem Pfeffer schmeckte. Nach dem Abendessen auf dem Markusplatz fuhren wir ins Casino am Lido, wo die Gelsen besonders lästig waren.

„Ach, Scheiße“, meinte Vexi und segelte den Zerlex Taunus VII Mark den St. Bernhard hinunter, ins Tessin, wo der eiserne Staatenlose Europas einziges drive-in-Scheißhaus leitete. Die Keime einer versteckten Sehnsucht nach Hongkong dämmerten bereits unverschämt alle 270 Meter. Alles klar, Sprengmeister?

Ich behauptete, denken, in der reinen Austragung des Begriffes, sei zwangsläufig moralisch. Das wollte Flachmandl durchaus nicht einleuchten. Er schnitt kurzerhand mein Rebschnürl durch, so daß ich mit echofreundlichem Getöse zu Tal donnerte. Wegen ekelerregenden, offenen Wunden, die ich mir bei diesem hinterlistigen Anschlag in den zackigen, scharfkantigen Steinfurten, Sturzriesen, Geröllhalden zuzog, durfte ich drei Wochen keine öffentliche Badeanstalt besuchen. Ich mußte meine Schwären bedecken und saß in obskuren Spelunken mit verstoßenen Frauen oder in schwach etatierten Art-Kinos herum, wo ich meistens meinen Rausch ausschlief: Während der wanted die geilsten Stenotypistinnen mit meinen alpinen Pleiten aufmachte. Am Strand stolperten sie meistens über Exhibo-Bademeister, der sich wie ein Christus mit Spondylose vor ihnen aufbaute, total umwölkt entstieg er der Familiengruft: „Jemals einen Josef gesehen?“

Es ging wieder weiter, als ich am Sozius einer langgestreckten Zündapp meine existentialistischen Ever-Jeans voll mit Viscostatic hatte; durch das Knattern des alten Langhubers hatte ich die Wachau durch das Spektrum des New American Cinema vor den Augen.

Die spanische Spritzmöse war am Ende der Einschulung aproximativ fähig, verlorene von gefundenen Gegenständen zu unterscheiden.

Der Käptn beorderte die gesamte Mannschaft in die Kapitänskajüte. Daß es dann dort sehr beengt war, und die Luft auch nicht den allgemeinen Forderungen entsprach, hat der Käptn sich wohl selbst zuzuschreiben. Wenn er im Fond eines Automobils saß, war er richtiggehend hübsch zu nennen. Seinen Männern teilte er in kurzen, von Rätselhaftigkeit durchwirkten Worten mit, daß er gegen diese ewigen Unwetter jetzt endlich etwas unternehmen werde. Zu diesem Behuf müsse er sich aber einige Tage unter das gemeine Volk am Festland begeben.

Unter Inanspruchnahme der günstigen Bahn- und Busverbindungen war der Käptn innerhalb kurzer Zeitspanne auf dem noch zu k. u. k. Zeiten initiierten aber baulich noch immer nicht abgeschlossenen Bahnhofsgebäude von Preding-Wieselsdorf angekommen. Ein alter Eisenbahnliebhaber kam auf ihn zu und begrüßte ihn mit folgenden Worten:

„Unter Charme verstehen wir hier auf dem Land unter Herzlichkeit verpackte Gemeinheit, Seefahrer du, sei also forsch und aufrichtig, wenn es gilt diese Richtung zu gehen!"

Ausgezeichnete Beinarbeit führte ihn vor ein Bahnwärterhäuschen, das der rote Blitz passierte, wenn er von den Streckenmeistern der GKB (Graz-Köflacher-Bahn) dazu ermächtigt wurde. Die eiserne Geduld, mit der der Käptn den Schienenstrang entlangblickte, lockte den Bahnwärter, Herrn Alois Regenwasser, aus dem Häuschen.

„Wollen Sie den Weg zum nächsten Fluß wissen?" fragte er den Käptn.

„Nicht daß ich wüßte", antwortete der Seemann.

„Dann komm' auf eine Partie Mikado in die Küche!"

Der Käptn folgte der Einladung ohne wahrnehmbaren Gefühlsausbruch.

„Um was geht's?"

„Um meine Frau, gewinnst du, so kannst du sie mitnehmen und für deine Zwecke verwenden, was immer ich mir darunter denken mag, verlierst du aber, bleibt sie bei mir und ihren vier Kindern, die Josef, Sieben, Absatz und Freitag heißen."

Dem Käptn stand der Schweiß auf der Stirne, den er mit einem Instantschuhglänzer säuberlich abtupfte. Er stellte sich in eine der drei Ecken der bescheiden eingerichteten Küche und bestaunte die kosmische Exaktheit jener Flaschenpost, die er vor vierzehn Tagen einer Flasche Tokaier entnommen hatte.

„O.k., ein neues Spiel, ein neues Glück", sagte er schreiend, während der Bahnwärter bereits die Stäbchen warf.

„Du bist der Gast, also beginnst du."

Aus dem Geiste alexandrinischer Klugheit griff der Käptn mit schwerer Faust nach dem ganzen Packen bunter Staberln und rief nach der Frau.

„Gut, du hast gewonnen, Resi komm heraus."

In der Tür erschien eine gutgereifte Frau, die in etwa einer Mischung von Jane Mansfield und Audrey Hepburn entsprach.

„Du gehst jetzt mit diesem Käptn da!"

Audrey-Jane schlug die Augen züchtig zu Boden, mit metallisch hoher Stimme fragte sie, ob noch Zeit sei, einige Sachen zu ihrer Reisefertigkeit zu gesellen. Der Käptn verneinte dies und verstaute die junge Frau in seinem großen Schrankkoffer. So hoffte er, die Reisekosten auf ein vertretbares Minimum zu verkürzen. In abermals kurzer Zeitspanne vertauschte er abermals unter Inanspruchnahme der günstigen Bahn- und Busverbindungen das feste Land unter seinen Füßen mit dem schwankenden Boden der neuerdings nur mehr profanen Seefahrt. Der volladjustiert angetretenen Mannschaft präsentierte er Audrey-Jane als Geschenk des Himmels, um diesen zu besänftigen. Der Smutje aber, ein fürwitziger Kalabreser, noch dazu begabter Ventriloquist, was dem Einfallsreichtum seines Fatums unbedingt ein Kompliment einbringt, trat dem Käptn entgegen:

„Signor Capitano, Sie sind auf dem falschen Dampfer, die Küchenfee, um eine solche handelt es sich, mein geübtes Triefauge trügt mich nicht, brauche ich in der Kombüse."

Das Gros der in voller Adjustierung angetretenen Mannschaft wechselte das Standbein, was dem Käptn durch die Erinnerung an frühere Erfahrungen zu verstehen gab, daß er diesmal das Kraut verschissen hatte. Fortan wurde der Bananendampfer von keinerlei Unwetter oder Unglück auf hoher See und im Trockendock behelligt.

Diese äußerst schwache, aber dem ursprünglichen Plot durchaus genügende Pointe ist lediglich ein dramaturgischer Kunstgriff eines Laienregisseurs, der mich unaufhörlich drängte, meinen Beleuchterposten doch endlich einzunehmen.

Wanted Vexi, der nicht nur ein verdammt guter Drummer war, ging auch mit seinem Hirn sehr großzügig um. Jedesmal, wenn er sich schneuzte, blies er ein bißchen von dem teuren Zeug aus seinem Schädel. Der Freimaurer war Chef einer Firma, die stets auf den Plan trat, wenn Spezialisten versagten. Nach bewegten zwei Jahren hatte er vier Paar Schuhe verbraucht. Rastlos zerkleinerte er Sandkörner mit seinen Zähnen.

Zum Totlachen fand ich eine Eskapade dieses bewegungskranken Pferdeknechts, der sein Gespann neben der Schmalspurbahn einherjagte, nur um das Glimmen einer Zigarette am Fenster eines Coupés wahrzunehmen. Prompt lief auch der Tierschutzverein zum Kadi. Nun, das Tor wurde geöffnet und einer schritt herein, der hatte nichts in der Hand als einen leeren Krug und fragte beiläufig nach der nächsten Tankstelle. Bei dieser Auswechselbarkeit wollte ihm natürlich niemand antworten. „Kommen Sie mit“, sagte der Verwalter, aus dem Fenster der Bahnmeisterei schaute ein schöner Rumpf. Es ist nicht sicher, ob er sich übergab, aber wenn er spieb, benahm er sich klug wie eine Schlange, indem er sich um einen Baum wickelte, so daß die Beine seiner Lodenhose niemals auch nur von dem kleinsten Spritzer eines widerlichen Gschpeiblats bekleckert wurden. Die rauchenden Colts steckte er einfach in ein Astloch. Mit mexikanischer Verbissenheit blickte der Wanted bei Sturm und Schnee zu Novi Sad so lange in einen Spiegel hinein, bis er sich selbst nicht mehr erkannte. Aus dem Dorflautsprecher perlte Chic Korea, dabei überlegte er, wie einfach es sei, Briefträger an jedem anderen Ort denn Venedig zu sein; während woanders als in der Lagunenstadt der Inhalt seiner Posttasche einfach in eine grüne Wiese fliegt, fällt er in Venedig äußerst schwer zu retten ins Wasser. Wenn also, nur um ein konkretes Beispiel aufzuzeigen, ein Freund seiner Freundin ein kostbares, edelmetallenes Medaillon in einem eingeschriebenen Brief nach Venedig schickt, weil sie dem Willen ihrer bornierten Eltern zufolge den reichen Fleischhauermeister, bei dem diese Eltern schwer in Kreide stehen, geheiratet hat und nun sich ebenda auf Hochzeitsreise befindet, so versinkt das gutgemeinte Präsent auf der Stelle für zumindest die allernächste Zeit auf ewig.

Als der verdienstvolle Gewerkschafter zu Grabe getragen wurde, fragte man einen seiner Unterläufel: „Was ist Ihnen an Ihrem Chef besonderes aufgefallen?“ Wie ein Schrapnell kam die Antwort: „Er hat immer schnell gegessen“.

Vor einigen Jahren war in den Zentren der österreichischen Avantgarde sowie in den Zentren der österreichischen Dissozialität, zwei Schutzmarken, die zuweilen deckungsgleich bei den diversen Modeschauen in Erscheinung traten, ein Amphetaminpräparat namens Menocil hoch im Kurs. Eine der Auswirkungen dieser Pille auf den Konsumenten war, daß er sich unwahrscheinlich gesprächig gab und beinahe um jeden Preis gewillt war, diese Kommunikationsfreundlichkeit an den Mann zu bringen. Einem Bekannten passierte es nun, daß er sich unter Volldampf mutterseelenallein auf der Straße fand. Also quatschte er einfach einen Polizisten an und sprach mit ihm über Gott und die Welt, begleitete ihn auf seinem Reviergang; der Polizist war hocherfreut, einen jungen Menschen mit Drogenproblemen und dessen Welt kennenzulernen. Er betrachtete schließlich sein eigenes Schicksal für einen Moment auch nicht mehr mit so wehleidigen Augen – über die Isoliertheit dieser Berufsgruppe macht man sich in der Öffentlichkeit bis jetzt nur sehr vereinzelt sorgenvolle Gedanken – schließlich reichte die Zeit des Streifendienstes gar nicht aus, so daß der Bekannte mit dem Polizisten noch auf die Wachstube mitging, um das Gespräch ordnungsgemäß zu beenden.

Eine Leucht- und Stadtgasexplosion, wie sie von sachkundigem Publikum via Film und Fernsehen im Illusionskanal empfangen wird oder vereinzelt als politische oder intime Sabotage ins Bewußtsein gelangt, verschüttete im Haus Kirchenviertl 1900 1/6 Ewald Schell unter ganz konventionellem, somit einer Gasexplosion in keiner Weise gewachsenem, Baumaterial.

Der Polizei-Such- und Spürhund mad dog number one schnüffelte Ewald wieder aus den Trümmern hervor. Dafür bekam er einen Kranz Braunschweiger, wie ein Erinnerungsphoto beweist, das den ungarischen Hirtenhund mit einer Wurst um den Hals zeigt.

Ewald Schell, das begüterte Haus, erwarb den Hund, den der Staat ihm aus sentimentalen Gründen zum Ankauf überließ, für eine angemessene Summe Geldes. Auf einem sumpfigen Grundstück, das er gekauft hat, weil er dort einst seine Baßgeige vergessen hatte, siedelte er den alternden mad dog number one erfolgreich an. Scheue Nachbarn dieses Grundstücks beobachteten Blonstain, wie er dem Hund mit einem Drillbohrer die Schädeldecke öffnete, um in der Höhlung seine geschmuggelten Diamanten zu verstecken. Dabei war natürlich der Hund zu tödlichem Schaden gekommen und wurde achtlos dem langjährigen Abdecker von Dinkelsbühl, Missouri, übergeben.

Schell-Blonstain glaubte, weil er einst erfolgreich der Gegenstand einer Polizeisuchaktion gewesen war, sich um den Posten eines Friedensrichters bewerben zu müssen, den er auch elf Monate zur Unzufriedenheit der Beschuldigten ausübte, ehe er, um seinem Leben einen Hauch von Ordnung zu verleihen, einen zutiefst dilletantischen Raubüberfall auf die Raiffeisenkasse St. Moritz verübte.

Vor dem Tag des Verbrechens hatte er sich, die Hände an seinem Kamin wärmend, die Nacht um die Ohren geschlagen. Bis er schließlich um acht Uhr morgens mit einem Karakulschaf die Bauernbank betrat. Das Schaf von da hinten blöckte dreimal und alle zwei Bankangestellten waren mit der Entfernung des störrischen Karakuls vollauf beschäftigt, während Lucky Blonstain völlig locker 130.000 kanadische Dollars in seinen Geigenkasten schlichtete. Vor der Bank erwartete ihn eine schielende, rothaarige Komplizin, die ihn mit ihrem irrisierenden Okularfeuer wieder einmal überhaupt aus der Bahn warf, so daß er seine beiden Söhne, die mit ihm dortzuorts verabredet waren, um ihm ihre Kinder vorzustellen, für Polizisten hielt, die er mit einigen geschickten Bewegungen seines rechten Zeigefingers ins Jenseits beförderte. Liberal wie er war, begab er sich an den Hof König Marchabes, um Tonleiterstudien zu betreiben.

„Was höre ich da aus dem Bauch meines Palastes?“ fragte eines Tages Marchabe seinen Großvezir.

„Das ist der ungläubige Saxophonist“, antwortete der hohe Würdenträger, der sich gerade zum Fischen nach Gibraltar aufmachte.

Daily Donovan/Klappe – angestrengt blickte ich an mir herunter, vermutlich wollte ich auf etwas stoßen, woran ich, wenn auch nur für kurze Augenblicke, meine Freude haben sollte. Aber trotz guten Willens, den ich mir in jeder beliebigen Lebenslage manchmal verschreibe, war nichts dahingehend Verwendbares an mir zu entdecken. Zutiefst enttäuscht, offensichtlich war ich etwas mißgelaunt, üblicherweise hätte ich diese Versagung in jenem breiten Bogen, gemacht aus Frustrationstoleranz, leicht unterbringen können, jedoch riß ich mir ein einzelnes, langes Haar etwas überhalb der linken Schläfenpartie aus und versuchte es, der besseren Anschaubarkeit wegen, an das Waggonfenster meines Abteils zu picken. Bei dieser Beschäftigung fiel der meinige Blick auf einen älteren VW, der auf der Landstraße neben dem Schienenstrang vorschriftsmäßig seiner ursprünglichen Bestimmung diente. Und man wundre sich, so gut man kann, die Betrachtung dieses älteren Baujahres gewährte mir die vorhin so vergeblich gesuchte Entspannung eines erbaulichen Anblicks. Vergnügt klemmte ich mir eine Zigarette dort hin, wo ich es stets am nützlichsten erachtet habe. Bekanntlich gibt es Leute, die stets eine Zigarette hinter dem Ohr tragen. Letzter Blick — Waldlichtung — alter Kasten — disparu. Danach schien mir, als müßte ich Erkundigungen über den sonderbaren Vorgang innerhalb meiner äußeren Hüllen einziehen, ich beschloß aber des kürzeren Verfahrens wegen, die Wunder des Herrn wieder einmal groß herauszubringen.

In Salzburg trat ich an eine junge, elegante Dame, die gerade einem alten VW entstieg, heran, und erklärte mit einem Gesicht, das unleugbar etwas Konfuzianisches ausstrahlte, daß mir heute schon der Anblick eines alten Käfers, dessen Werbung sich konkret-poetischer Methoden bediene, eine herzerfrischende Hochbeglückung zuteil werden ließe. Diese elegante, jugendliche Dame, das sah der Mann von Welt in mir, hielt sich für eine ausgesprochen nette Figur der sichtbar werdenden Wirklichkeit und besaß, das fand ich auch in Ordnung, ein tadelloses Gebiß.

Nachdem ich meinem einfältigen Gemüt nachhaltigen Ausdruck verliehen hatte, sagte die Dame: „Du nimmst auch eine jede."

Fast hätte ich diese Zumutung bejaht. Da fiel mir noch ein, daß man es auch so drehen kann:

„Nein, nicht eine jede, aber eine jede, die mich nimmt!“

Die Dame, Inhaberin einer Vulkanisieranstalt, schien von meiner vifen Pfiffigkeit und meinem coronar bedingtem müdem Charme, dessen Liturgie ich genauso einem französischen Kinohelden abgeschaut, wie ich stets blaue Unterhosen, Imitationen eines amerikanischen Killerdarstellers, trage, in wohlabgewogenem Maße angetan.

Obwohl mir diese Art von Nachempfindung über den Weg einer skrupellosen Selbsteinschätzung nur geringschätzige Lächerlichkeit einbringt, setzte ich doch, einer alten Gewohnheit im Gefolge, auch an den Anfang dieser Affaire einen Zoobesuch, die Anbote der Stadt Salzburg nutzend, einen Besuch in Hellbrunn.

Die Dame hieß Frau Florian, nicht ganz so wie ich, den ich heiße Herr Florian, so daß wir im Falle einer Verheiratung dem leidigen Streit, begründet durch eine kurz bevorstehende Ehegesetznovelle, aus dem Wege gingen, wer wessen Namen anzunehmen hätte.

Im Zoo wurde ich übergangslos des Gesprächs über bergauffahrende Rikschas müde und wie aus heiterem Himmel zutraulich. Ich verstreute in hochgesinnter Leidenschaftlichkeit leichthingestreute, faunisch flaumige, sowie unzweideutige Küsse über ihre gesamte Erscheinung, die dafür wie geschaffen erschien. Auf diese Flut von körperlichen Expressionen antwortete die Dame in nüchternem Verbaltacheles:

„Mein Mann wurde neulich von einem plötzlich sich lösenden Flaschenzug zerquetscht.“

Meine Augen nahmen jenen feinen, zurückhaltenden Ausdruck an, mit dem sie für gewöhnlich in die Wunder der Natur eindringen wollen. Obwohl es da nicht viel einzudringen gibt, die Natur ist einer Hegelschen Laune zufolge Äußerlichkeit, welche Weisheit mir wegen ihrer Rotznasigkeit hervorragend in den Kram paßte. Mit Gewalt mußte ich mich von dieser Second-Hand-Meditation abwenden und wandte mich einer erstklassigeren Originalversenkung zu, deren gerafftes Output sich so anhörte:

„Das Wort hat sich erfüllt: Die Rechte soll nicht wissen, was die Linke tut“.

Oh wie wand und drehte sich die Dame da in

meinen Armen und stöhnte immer wieder: „Fremder, du bist Klasse".

This is radio buhu, heute wieder kein Programm, wir wünschen gute Unterhaltung/Klappe — gut rasiert, wusch ich mir gutgelaunt Hände und Radar, ich setzte mich auf einen Kohlensack und schaute zum Fenster hinaus. Draußen wiegten sich die Trauerweiden leicht in der Nordwestpassage und der Mond beschien die Szene mit dem milden Licht eines Leuchtfisches. Im Kamin schlief einer, für den dies der schönste Platz war, den er sich vorstellen konnte. Meine Frau schlief in unserem ehelichen Schlafzimmer in den Armen ihres Geliebten.

Ich hatte unser Haus hart an eine scharfe Straßenbiegung gebaut, denn ich liebe die Gefahr. Wie leicht konnte es passieren, daß ein ganz gewöhnlicher Verkehrsteilnehmer die bewußte Kurve nicht mehr derpackt und, krawum säße er in unserer Küche. Krawum, mein Kalkül hat sich als klug erwiesen, auf unserem Elektroherd saß ein kleines Männchen und sagte:

„Gestatten, Dr. Kowalski, Urologe mit 14 Häusern in den Städten." Die komplett zerdepperte Schnauze eines Vorjahrsimpala baute sich eindrucksvoll vor dem Küchentisch auf.

„Lieber Doktor, kränken Sie sich nicht allzusehr über Ihr Mißgeschick, da ich an Ihrer momentanen, mißlichen Lage gewissermaßen mitschuldig bin, denn mein Haus stand Ihrem Weg im Weg, will ich Sie mit Reichtum überschütten, falls Sie mir bei der Ausführung eines teuflischen Plans behilflich sein würden."

Vertraulich legte ich meinen Arm auf seine schmächtigen Schultern und führte ihn in meine Bibliothek, wo ich ihm bei Zigarren und Eierlikör mein Begehren überdeutlich klar machte. Fröhlich kichernd verließ der Facharzt mein Haus. Wahrscheinlich kicherte er noch immer, als er mit einer Mietdroschke unterwegs zu einem seiner 14 Häuser war.

Über eine kurze Zeit begab ich mich in eines der Sanatorien des Dr. Kowalski, wo er mit emsigen Fleiß an mir, beziehungsweise an meinem Unterleib herumoperierte.

Eines Abends winkelte ich mich untertänigst an meine Frau heran und beteuerte, daß ich wohl eingesehen hätte, ein weiteres Zusammenleben unserer so stark verschiedenen Persönlichkeiten wohl nur mehr Sinnlosigkeit gebären könnte, aber, und dabei scharrte ich mit den Füßen wie ein gefallener Engel, ein letztes Mal möchte ich noch die Freuden einer zerrütteten Ehe genießen. Maliziös klebte meine Frau mir eine an die Nase, wo es besonders weh thut und willigte unter Tränen ein. Wahrscheinlich dachte sie an eine glückerfüllte Rodelpartie mit ihrem Liebhaber, einem notorischen Strandläufer und überdies komplett wertlosen Charakter.

Hurtig wie ein Heinzelmännchen machte ich mich über meine Alte her, nach fünf Minuten waren wir geschiedene Leute.

Aber, hehe, der Bauch meiner untreuen Frau ging auf wie ein Gugelhupf. Nach drei Wochen flog meine untreue Frau mit einem lauten Knall in die Luft und keine Sterbensseele wußte warum — außer mir und dem famosen Dr. Kowalski, der mir mit seinen geschickten Händen in meine Zeugungsapparatur einen Sack voll Hefegermen hineingeschwindelt hat.

IN DIE SZENE, AUS DER SZENE; DURCHSCHUSS

Welcome to the monkeyhouse, die Frau des Selbstmörders verlangte lediglich Wasser, das ist eine Sendung des E-Werkes, während Sie hier lesen, fehlen Sie anderswo, ach kommen Sie mir um Gottes Willen doch damit nicht, ich bin Parlamentarier, meine Stimme haben Sie, Kaffee bitte, rechts lag das Gras, wenn das Porzellan zu faulen beginnt, das Akkordeon fiel auf den Teppich, nun wer hat Eiter auf der Fut, die Botschaft wird mit Ohrenschmalz versiegelt, nach dem Erbrechen über den archäologischen Funden hatte er heftige Schmerzen in Bi- und Trizeps.

Slide-koaxial-Interfetzenmarkt-serial

He du Wegelagerer in der Sonne, heute versitzen wir wieder die Zeit am Irrweg, hoffentlich steppt keiner vorbei.

Bambus haben wir ihm gegeben, Moewes Knattergeist, Sojabohnen und Urin, gut und lang zugesprochen haben wir ihm, aber, muß weiterknattern, muß weiterknattern, so was? Wir verfielen auf die Ziehung des klassischen Charly Kappl Christiana in die geschlossene keusche Haltung auf dem Sofa

Hansi Kappl well well söller

Die Lilo Pulver steckt im violetten Pullover, arte povera, du bist so dumm, und tschakk hatte sie einen am Hals mit Zuspruch der tin drum einer Steelband.

Pepi los in Doppla net foin, sunst hamma no a Entführung

Ich an meiner Stelle mit langsamen Crawlbewegungen meiner Hände zog er durch den Feuerwehrteich, die Wasserschlangen, von Geburt an uns gewöhnt, guckten schläfrig nach den Libellen

Im Stock der Finsternis zieht das Hochhaus bei mir als Riesenchristbaum

Das Wasser, durch den Konkurs eines Islandshoch und eines Adriatiefs in wildem Konkubinat mit der Luft — im gefährlichen Drehzahlbereich eines Genies — der Hitter — er braucht einen leidenschaftlichen Rechtsanwalt, ein Bündel glatte Nudeln, einen pastosen PR-Mann und falls er die Bio-Viscose als Reise auffaßt einen alerten Roadmanager; im Schilf stand ein Fakir, der Fakir nahm einen Schluck Bier.

Ich stieß ein Rapier durch den spindeldürren Leib. Zu meinem anthropophoben al monstrasi Entsetzen erschien kein Tropfen Blut an den Öffnungen, die der selbstverständlich rostfreie Stahl in diesem Leib vorne und hinten aus der Natur seiner Verwendung schuf.

Sein Gesicht zerfiel wie ein Finger an einer zerbrochenen Windschutzscheibe.

„Brrr“, lächelte der Fakir, „heute wieder herrlich kaputt, vorne Sadist und hinten Masochist“.

Er hob seine Arme wie der zerschossene Rod Steiger und drehte sich verführerisch in den Hüften. Ich schwankte fürchterlich im Theater.

He, Charlie, you not rotten!

Es war Knorke, ich erwarb das Recht, pausenlos durchzufallen. Aus der Sphäre der Handlung schwankte ich in die Sphäre der Stimmung, ein alter Haschischplot. Ohne Identifikation, aber mit Wigwamsound in Stereo zog ich das Rapier aus dem Fakir und ließ es vom Nadir meines Schädels zu Boden fallen, wo es prompt im Sumpf stecken blieb.

Hundert Punkte.

Ja, aber bei der Frau Wappa. Das Free Jazz Ensemble Feldhof erzählte eine lange Geschichte: Gurtn Moagn — und guate Nocht.

Der Fakir belegte den Spiegel meiner bis an die Grenzen der Fadenscheinigkeiten abgewetzten Glencheckhose mit den Erwartungen an einen Schönheitschirurgen. Man konnte nicht sagen, daß ihn irgendetwas nervös machte.

Eine Hingabe an blutleere Blattläuse stand nicht mehr zur Debatte, dafür massenweise Harakiri.

Eine Katze strich vorbei. Bei zweitem Nachdenken war es hell wie Osram, sie hatte erfolglos versucht, einer Dame den Arm zu brechen. Das Thermometer konnte auch nichts Genaues berichten.

Die Augen des Fakirs wurden immer pfiffiger.

„Nur für den Fall, daß Sie eine Beinhautentzündung haben, sein Zeigefinger wies nach dem zum Greifen nahen Horizont, oh Wolodja, erzählen Sie mir nichts von Geburtswehen, vermittelst einer profunden Vermeidung überwinden Sie das mühelos!“

Einer indirekten Eingebung zufolge verhielt ich mich indessen, ihn als scheues Reh zu betrachten.

Früher schossen sogar echte Vollprofis absichtlich am Tor vorbei. Eine Polio-Stuck-Amöbe ist überhaupt nicht mehr zu übertragen. Vollkommen mutlos bestätigte ich die Existenz eines unehelichen Kindes. Der Fakir war ein Luder.

Der Abend schob sich präzis überall dorthin, wo mein Augenblick hinzufallen vermochte. Unbeobachtet schliefen meine Füße ein. Bei Glatteis würde ich mich dieses Jahr unvermeidlich in einen seriösen Widerspruch verwickeln. Zum Trost lehnte ich mich an einen warmen Rauchfang. Gerade wollte er mir erklären, wie man unauffällig eine Bühne betritt, ganz einfach, man schreitet mit einem Doppelgänger von links nach rechts oder umgekehrt, wobei es weiter nicht ins Auge geht, wenn der eine auf den Füßen, der andere auf Händen seine Beglaubigung erwartet.

Um nicht ganz unnütz hier im Regen herumzustehen, fiel mir etwas zur Demokratie ein. Ich hielt auch damit nicht hinterm Berg und vermeldete dem

Wähler vom Subkontinent wie folgt: „Sie, Mister aus Indien, mit Ihren Fäustlingen aus Jungfernhäutchen; Demokratie bedeutet bei uns am Festland noch immer die Potenz, Hoffnungslosigkeit zu prolongieren!“

„Nun, wenn Sie die Zeit gekommen sehen, einige Unhöflichkeiten auszutauschen, so fragte ich Sie durchs Mikrophon, was leichter ist, ein Kilo Fingernägel oder ein Kilo Watt?“

„Ach kommen Sie mir doch nicht mit diesem Faust, im übrigen, good morning.“

Ich hatte mir diesen Gruß als Abgangsfloskel in einer auslaufenden Serie von Oscar Wildes Komödie zugelegt.

„Kalt, kalt, haaallllt“, schrie der Fakir, „ich habe Ihnen noch nicht gesagt, wo ich übernachte!“

„Tatsächlich, also los, sag’ schon!“

„HIER“, indem er mit seiner Rechten unter sich griff, zog er seine Füße in die Luft und lag einige Zeit wie Lew Jaschin in seinen besten Zeiten in der Abenddämmerung, ehe er in geordnetem Zustand der vollen Länge nach in den Morast klatschte. Gute Nacht!

Ich stapfte ein wenig durch die sauren Wiesen. Nachdem ich an einer Torfstecherei vorbeigekommen war, überlegte ich, daß diese Wiesen aber schon sehr sauer sein müßten und eigentlich als Hochmoore angesprochen werden sollten.

Am nächsten Bauernhof fingerlte ich ein kleines Mädchen mit dem kleinen Finger. Das Mädchen machte ein Gesicht, wie es vor der Erfindung des Telegraphen noch gang und gäbe war.

„Eigentlich“, sagte es, „ein Zeitgenosse Arthur Köstlers, dar nicht so lecht“. (sic!)

Verwundert betrachtete ich meinen kleinen Finger der linken Hand und mußte zum Entsetzen meines alten Trotts eine Blase daran bemerken, das war mir ja nicht einmal beim Miststreuen auf den Feldern einer Großbrauerei passiert.

Der Bauer mit einer rotseidenen Bauchbinde, aus der eine gutgeölte Luger hervorlu . . . herausschaute, als er das Gesicht seiner dritten Frau im Glanz seiner Großmutter durch die Finsternis leuchten sah, brach in einen alpenländischen Juchatza aus und lud mich mit weitausgebreiteten Armen, an deren Enden seine schwieligen Bauernhände voll

Fabulierfreude einen burlesquen Bilderbogen bei höchstens fünf Hefenerkerzen durch die Nacht gaukelten, zum Abendbrot in sein Haus:

„Mein Freund, hier hastu Bett, Toilette, leider nein."

Zum Ausklang des Tages lehrte der Landmann seine fünf Söhne, wie man mittels einer ausgelesenen Zeitung eine blinde Fensterscheibe zerschlägt, d. h. zunächst wollte er ihnen beibringen, sie zu reinigen, aber infolge äußerer Umstände disponierte er das Lehrprogramm von einem Gedanken zur Tat einfach um. Die so Belehrten waren sehr angetan von ihrem versatilen Erzeuger und schrieben sich diese Wendigkeit hinter ihre ebenmäßig gewachsenen Ohren mit jenen sehr deutlich abgesetzten Ohrläppchen, die bei den weiblichen Mitgliedern der Sippe schon in frühkindlichem Alter von einer über Kerzenfeuer sterilisierten Nähnadel durchstochen werden, um daran kostbares oder liebenswertes Geschmeide weniger verlierbar anzubringen.

Einige wenige Fliegen, die, dem Plan der Natur gehorchend, schon längst in tiefem Winterschlafe pfeifen sollten, brummten tollpatschig und völlig desorientiert durch die gute Stube. Immer wieder stießen sie in ihrem Fluge an die verschiedensten Gegenstände des recht üppig möblierten Bauernsaloons. Hilflos lagen sie dann am Rücken und fuchtelten mit ihren sechs Beinchen durch die rauchgebeizte aber wohlig temperierte Luft. Aber die gütigen Bauernhände brachten alles wieder ins rechte Lot. Jedesmal, wenn einem dieser Hausinsekten so geholfen, seinen Lebensweg fortzusetzen, begleitete die wohl nur peripher angefochtene Meinung „a richtix Vaständnis gheat hea" das seelenvolle Tun dieser Landbevölkerung.

Mein Hemd war in den vielen Jahren seines Bestandes schon rechtschaffen schleißig geworden. Urplötzlich stand es im Mittelpunkt des feierabendlichen Interesses dieser obersteirischen Bauernfamilie.

„So eine Schande", verlautete die Mutter, „daß Sie, ein so erschreckend geistig reiner Mensch, so zerlumpt, ein doch so immerhin recht abwechslungsreiches Erdenwallen so zu absolvieren so im Sinne haben." Von allen Seiten prasselten Mitleid und Vorwürfe bunt gemischt auf mich hernieder, und Sie werden lachen, im Handumdrehen bezog ich einen geschmackvoll bemusterten Norwegerpullover mit modischem Vau-Ausschnitt.

Bedingt durch eine Maul- und Klauenseuche, die ihr Virulationszentrum in eben jenem Bauernhof, machte ich mich auf den Weg zum Bahnknotenpunkt Seltzthal, auf den ich wohl nie mehr zurückkommen werde, um noch mit dem Nachtexpreß das Seuchengebiet zu verlassen.

Es war Sylvesternacht.

Ich schlenderte auf den langgezogenen Bahnsteigen gedanken- und auch sonst ganz verlassen herum. Wie im Traum hörte ich einen Lokführer zum Heizer sagen:

„Wie schön ist der Morgenstern!"

No habedere. Im Wartesaal dritter Klasse schauten die übrigen Reisenden und anderes Strandgut mit fortschreitender Zudringlichkeit in den Sauhaufen meiner Seele. Ich versuchte das auf mein schäbiges und gänzlich unfeiertägliches Aussehen zurückzuführen, beschloß aber im Verlauf meiner Andacht, dieses Unbehagen als landläufige Routineparanoia abzutun. So legte ich mich ohne viel Umstände und Aufheben auf eine Bank aus Holz und verschlief in aller Gemütsruhe den Nachtexpreß nach Salzburg. Ich habe damit, wie es unter bizarren Bewohnern dieses unseres Planeten üblich, wieder einmal den Jahresanbruch total weggetreten angetreten.

Mit dem Milchzug fuhr ich dann nach Bischofshofen, wo ich des Reisens müde, den Zug verließ und so gegen drei Uhr morgens in dem leider vollausgebuchten Wintersportort auf Quartiersuche ging.

Ich zog von Hotel zu Hotel, von Pension zu Pension, von Gasthof zu Gasthof und dann wie ein Sammy Becket-Platzhalter von Hotel zu Gasthof, von Pension zu Hotel und von Jugendherberge zum Totenkämmerlein. Aber alles war belegt, selbst im Totenkämmerlein schlief ein noch lebender Eishockeyschiedsrichter.

Bis ich dann aber doch das mir zustehende Glück im Hotel Garni Hubertihof einholte. Hoch oben im Juche erhielt ich ein Zimmer. Mir war mit der Geschwindigkeit eines Kniefalls klar, warum. Das Zimmer hatte Nummer dreizehn, aber mir war das wurscht, und wie man in meiner Heimat sagt, legte ich mich „zaumtn Gwaund ins Bett“, gewählter: ich gab mir einen Flachmann mit Montur.

Wohlig ausgebreitet und von mir selber eingenommen, schickte ich mich an, einen harterkämpften Flachen zu feiern, aber schepperndes Radiogepolter von irgendwoher, das ich nach leider länger als mir lieb von nebenan ausmachte — die gehörmäßige Orientierung haut ja bei den Terranern nicht ganz hin — hielt mich von dem ganz einfachen Begehren getrennt, daß mich alle am Orsch lecken könnten. Also klopfte ich an die Tür von nebenan, wo alsbald eine verstörte Maid in mein zerknittertes Grüßgottgesicht blickte und sich aufgefordert verstand, mir zu sagen:

„Nein, heute nicht mehr.“

„Aber, hoit die Goschn“, begütigte ich, „das Radio geht mir am Wecker.“

„Ah so, ja ja, ich werde es gleich hinunterspülen.“

Ein klarer Fall, einer ruhigen Nacht stand nichts mehr im Weg. Wie langweilig, aber in München erwartete mich meine Old Lady zu einer Rollkur.

Am nächsten Morgen, dem fünften Jänner, als ich meinen für alle Staaten der Welt gültigen Reisepaß vom stämmigen Wirtn zurückverlangte, erzählte mir dieser, sein bißchen geordnetes Bürgerdasein verdanke er lediglich der Umsicht seines Eheweibes. Er selber sei einzig am Schispringen interessiert. So stellte sich heraus, daß ich Gast des Hauses Bubi Bradl war, der als erster Mensch im slowenischen Planica über die Hundertmetermarke auf einhundertundein Meter gesprungen war.

Zum Farewell, immer dieser Abschied, sagte er, daß ich, Büabl, auf den Hergott nit vagessn sull. Das brachte mich auf einen wunderbaren Gedanken.

Wenn ich mich in meinem Keller hoch genug aufhänge, kommen die Ratten nicht an mich heran und nach einiger Zeit kann ich als luftgetrockneter Beitrag der Unicef an irgend noch verbliebene Kannibalen verschickt werden. Großartig!

Was sagt die Autoindustrie? Bezeichnend wie heutzutage jeder einigermaßen aufgeklärte Intellektuelle zu den unpassendsten Tages- und Nachtzeiten freimütig darauf hinweist, wahrscheinlich schizophren zu sein, dabei, so weiter die Autoindustrie, hat keiner dieser Herrschaften auch nur im Keim eine Ahnung, was Schizophrenie einem in diesen Endzeiten der Geschichte abverlangt, wenn sie Schizophrenie sagen, meinen sie Dialektik, wir hingegen sind im Vollbesitz der allerprächtigsten Schizophrenie, wir erzeugen den Tod für das Leben, wissen aber pünktlichst, ohne Leben keinen Tod. Daß wir da aber trotzdem noch irgendwie hindurchhoffen und die so vernünftig konstruierte, paradoxe Kollision nicht zur Kenntnis nehmen, das bedeutet echte Schizophrenie zum Unterschied von einer läppisch abgezirkelten Dialektik.

Coda Exhumierung konfabel piano.

Ein, twei, dry, vir; ein, twei, dry, vir; statt eines Horror Vacui zog Sinn fein sich eine Schlagader aus dem Arm und legte sie in Spiritus.

Tigerkatzen blenden wozu in Indien, schsch — Sinn — bööhh, um korrekt zu sein, plötzlich zog ich Gasmemno Alice eine Europaflasche über den Schädel — Affekt, ein Pantomimsky hard rock nonsenso poem, eine unerwiderte Liebe zum Stumpfsinn ließ Aba Daba Berman immer wieder höchst Verständiges produzieren.

Blechmann verlor seinen Taufschein im Heimatmuseum, als der Pate sagte: „Ja Sie sind ja der Beste", erwiderte er:

„Sehen Sie meine Ohren, extrem radioaktiv, hat nicht ein jeder."

„Der ist unschlagbar: Als die Anarchisten unter die schwarze Fahne zogen, war's schon aus mit der Anarchie."

Ich sagte einen Haufen Töne, blies aber kein einziges Wort.

Wenn Chuck Close einen Weichzeichner vor die Amöbe setzt, versteht er das Nichts.

P.S.: Als ich Hans Rettenbacher im Münchner Domicile klar machte, ich versuche zu schreiben, wie ein Saxophonist seine Phrasen durch das Rohr jagt, sagte er einfach: „O.k., Mörder", und stellte mich Tete Montoglio, einem blinden spanischen Pianisten, mit dem er damals spielte als Tenorist vor. Darauf schaute mich der Blinde an und sagte: „This man is no good".

Wenn die Erinnerung an den Ort, der die Erinnerung an die Zeit, welche die Erinnerung an etwas Gewöhnliches war, durch das Vergessen etwas gewöhnlichen, das das Vergessen einer Zeit, die das Vergessen eines Ortes war, aufgehoben wird, hamma meistens eine Wasserleiche.

Um sich die Langeweile der Partner vom Leib zu schaffen, soffen sie im Uhrzeigersinn einen ganz üblen Wacholderschnaps, dazu schaufelten sie pillenweise Adipex neu. Erheiternderweise leckte auch der Benzintank und befeuchtete die hintere Sitzbank jenes Musterbeispiels eines Mecano-Witzbolds von einem 4 CV.

Scoopey, der dem Trio angehörte, weil er die Sendung eines Propheten in der Arbeitsweise eines Gangsters ausübte, bemerkte schon des längeren, daß es um sein Hinterteil höllisch brandelte, schwieg aber, weil er diese After-Gangräne als eine gottgeschickte Reisebeschwernis deutete.

Der Chauffeur hob sich vom allgemeinen Bild eines Chauffeurs deutlich ab. Er hatte keine Ahnung vom Autofahren und ebenso absolut, wie er dem Psychologiestudium abhanden gekommen war, wußte er nie, wo er eigentlich hinfahren sollte.

Als der Benzingestank allzu vordergründig wurde, forschten die drei Soul-Desperados nach dem Grund und lachten entlang der Ideen Antony Artauds fürchterlich über den Gedanken, daß dem Scoopey sei Orsch in Bern total zerfressen aus seinem sonst untadeligen Habitus herausschauen möchte.

Sie hatten den Auftrag, den österreichischen Botschafter in der Schweiz, einen weinseligen Faszisten, aus dem Verkehr zu ziehen. Irgendeine verzweifelte Organisation slowenischer Heideggeradepten erhoffte damit Aufmerksamkeit auf ihre verzweifelten Bemühungen um Selbstfindung innerhalb der jugoslawischen Vielvölkerfamilie zu lenken. Der Drummer einer Beatkapelle, der im mittlerweile eingegangenen Gratza Starkeller trommelte, idealistischerweise ein Agent jener blutarmen slowenischen Absicht, verdingte das Trio zu Ausverkaufspreisen, denn entsprechend jugoslawischen Verhältnissen war der Etat bescheiden, die Idee aber groß.

In Bern angekommen sollten sie einen gewissen Horstl Müller anpeilen, dessen Vater wegen Kinderschändung vor einiger Zeit großes Aufsehen gebucht hatte – das ist zwar ein undelikates Detail, das der Transparenz der Story,

eine Reise in die Schweiz

kein Ölpapier, aber dafür zeitgenössisch durchsichtig ist. Horstl Müller habe Verbindung zum offiziellen Privatsekretär des Botschafters, einem Exgoalesel vom Exverein Wacker Innsbruck, Harry Kupfer. Und dies war alles mittels eines Stadtplans zu erledigen.

Kupfer aber erwies sich als sperrig. Er zeigte sich nur gesprächig in bezug auf seine Biographie, die ihn auf See und Schnee ständig saufend durch die weite Welt geführt hat. Da die Öffentlichkeit ein Recht hat, zu erfahren, wen sie mit ihren Steuermitteln finanziert, sei dieser Lebenslauf hier kurz aufgeführt:

Nach zwei Verlobungen, die beide in derselben Schottergrube in Brüche gegangen sind, begab sich Harry mit 80 Schilling in einer der Taschen seiner Westler Schoin nach Hamburg an der Waterkant, von wo es ihm gelang, schnurstracks nach Hongkong zu segeln. Die Einfahrt in den Hafen von Port Said blieb ihm wegen der riesigen Jonny-Walker-Reklame bis nach Hongkong im Gedächtnis. Dort, so erzählte er den gedungenen Meuchelbuben in einer alkoholfreien Teeschwemme der Zrugglistraße, habe er sich in Andeutungen über die Wichtigkeit des Lebens ergangen. Als Ergebnis dieser Auslassung segelte er auch prompt einen asiatischen Beulentripper in das Land der Schweden. Den entsprechenden Einladungen des guten Staates folgend, wurde er am Stockholmer Infektionshuset von einer stämmigen Desinfektionistin per „ta fram pennisen“ angesprochen, kombinationsfreudig wie ihn Mutter Natur bestallt, verstand er, denn Fridjof Nansen war einst mit einer „fram“ vorwärtsgeeilt.

In Lyon, der Seidenstadt, wollte er sich dem Schlagzeugstudium voll und ganz ergeben, scheiterte aber, weil er seinem Lehrer, einem angesehenen Gynäkologen, mit selbstgeschnitzten Sticks, so Art Kochquirln, kommen wollte; worauf der Doktor seine perkussions-pädagogische Sendung abdrehte und sich den einträglicheren Kuretagen zuwandte. In einer Hotelhalle, die er als Portier frequentierte, engagierte Harry schließlich den Freiherrn von Tlupy, ihn als Privatsekretär zu verwenden. Ehe er ihn auf dessen Pfründe in die Schweiz begleitete, war er dem von Tlupy behilflich, in das Konferenzzimmer der Marschallschule in K. des Nachts per Nachsperrung einzudringen, um die lebensentscheidende Abschlußbenotung des Töchterls vom Freiherrn einer Korrektur zu besserem zuzuführen. Bei der allgemeinen Zerstreutheit der Schul- und Bildungsproblematiker war dieser unerhörten Keckheit vollster Erfolg beschieden.

Da wir mit glühenden Ohren dieser aufrichtig gemeinten Lebensbeichte zugehört haben, lenkte Harry Kupfer auch bezüglich der Liquidierung seines Chefs etwas ein.

„Natürlich könnte ich den Freiherrn, der freitags stets Stelzen am Vierwaldstättersee frißt, zu einer Bootsfahrt auf dem Vierwald oder einem anderen der landschaftlich gesehen so unbezahlbaren Schweizer Seen mit drei interessanten Freunden einladen, dann können Sie, meine Herren, den Freiherrn an verschwiegener Stelle ins Wasser kippen; aber das erscheint mir, einem mit historischen Verständnis ausgerüsteten Gefreiten im Wartezimmer der Diplomatenlaufbahn, in Würdigung des südslawischen Zieles nicht auftragsgemäß. Der slawische Wunsch, meine drei Herren, ist es, von der guten Erfahrung von 1914, Sie erinnern sich, aufs heiterste ermuntert, wieder einmal einen adeligen Österreicher öffentlich umzulegen um ein geschichtliches Remidemi vom Zaun zu brechen."

Er übernahm es daher bloß, was bei der Weinverbundenheit des Tlupy Bacsi nicht schwierig, die Seidl-Bier-Gangster, wie sie sich selbst notfalls auswiesen, mit Herrn von Tlupy bekanntzumachen.

In einem Etablissement, das von seinem Pächter, einem frenetischen Wildwestheftlleser, Gasthaus zur Schaukel-L-Ranch getauft worden war, wurden sie von einem italienischen Gastkellner zunächst überhaupt nicht und nach energischer Intervention Herrn von Tlupys nur sehr zögernd bedient.

Der Freiherr, durch einen Tip auf der Toilette von Scoopey ängstlich getrimmt, bestellte noch einige Liter des verbindenden Gumpoldskirchner Riesling und verbat sich jede wie auch immer geartete Assassination, das sei er seinem Ruf als Diplomat einfach schuldig.

Nachdem er dem hinterfotzigen Kleeblatt ganze Abschnitte aus Erich Kästners „Drei Männer im Schnee“ aus dem Gedächtnis zitiert hatte, vereidigte er die Laien Terrori der Reihe nach als Hausmeister, Beschließer und Mundschenke der österreichischen Botschaft in Eidgenossien.

Auf diese Weise war beiden kontrahierenden Parteien gleichermaßen gedient und gleichzeitig das Ausbleiben eines neuerlichen Weltenbrandes für's erste gesichert.

Von dem Loisele, seiner Exzellenz kleinstem Kind, konnte noch in Erfahrung gebracht werden, daß es eines ausgebliebenen Nachmittags auf einem Apfelbaum saß und nicht mehr herunterkonnte, denn unter dem Baum war die Erde weggefallen und es konnte nie mehr nach Hause. Vom vielen Äpfelessen bekam es Dünnpfiff, der auch keine Erde mehr düngen sollte, sondern endlos ins Unendliche fiel.

FRAGMENT mit NOTAUSGANG oder NO SATISFACTION

Das Heillose, aber auch die Billigkeit neuer Schlagworte mag vielleicht darin liegen, daß viele Leute ein für sie oder sogar für jedermann unformulierbares Wissen, das man nobel unter dem Begriff Ahnung entschuldigt, mit sich herumtragen und entwickeln, welches sie beim Auftauchen eines neuen Nenners, wenn er nur einigermaßen diese Gestimmtheit nicht enttäuscht, bereitwilligst und begierig in diesen hineinleeren. Soweit die einleitende Denkübung.

Man mußte seine Gedanken höllisch beisammen haben, wenn wir um sieben Uhr morgens in die Werkstatt eingetröpfelt kamen. Welches Datum oder welcher Tag war, das wußte sowieso keiner. Wir warteten nur bis Joe pünktlich fünf Minuten zu spät kam. Dann kam auch der Chef vom ersten Stock herunter. Seine notorisch zerrissene Hose und das ebenso slick, nämlich notorisch, um die Schläfen gepickte Grauhaar bestätigte uns die Identität des heute statthabenden Arbeitstages. Der Chef, ein Beglückter, der's mit Morgensport,

Kalkulation und Profitmaximierung hielt, bestand darauf, daß ein jeder in seiner Position firm war, er sagte immer firn, worüber wir uns ganz unhämisch freuten. Nachdem er diesen seinen Spruch gleichsam als Morgenandacht über uns gebracht hatte, falls es jemand wissen will: es war eine kleine Firma, verteilte er die Arbeit. Wir stellten Metallregale auf Systembasis her, deswegen hieß die Firma auch „Der Systemgruber" unter uns „Systemdesperados", wie wir uns gegebenenfalls nannten.

Zu Joe und mir sagte er: „Ihr geht auf Montage". Das hieß offiziell, wir sollten in irgendeinem Keller oder sonst düsteren Örtlichkeit eines dieser Regale aufstellen, d. h. händisch zusammenschrauben, mit dem Schlagschrauber fixieren und unserem Talent entsprechend mit dem Holzhammer ins Wasser bringen, das heißt lot- und auch andersrecht. Privatim hieß das aber, daß wir der Moloche der Werkstatt für einen Tag enthoben, uns in irgendeine aufbauwillige Ruinengegend verzupften, wo wir uns wechselseitig in den Arsch pimperten, gegen abend den Metallsaurier alias Grejer alias Krempel in jene Verhältnisse knallten, die wir mit „samma scho popst, hob scho a aundera, und des muass so sei, sonst geht die tüa net zua" umschrieben. Wenn wir dann abends mit vielen Überstunden im Konto heimkehrten, erwartete uns der Chef über seiner Profitmaximierung mit der ihm eingeborenen Klagewendung: „Habt's aber schon lang braucht", welche wir mit übernächtigem Achselzucken beantworteten, das vor allem durch unser proteinfressendes Hobby mehr als beantwortbar war.

Joe und ich, Joe ein o.k. Bauerndissident from gipsy love und ich Bauerndescendent aus der Rübezahlgegend, wir machten so einen Wirbel for exempel unter Wasser, das wir like fliegende Fische im Vakuum herumhingen. Joe jedenfalls sagte zu mir, als wir in dem kleinen Kombi saßen, der uns samt Material zur Baustelle bringen sollte, er müsse vorher zum Wertkauf fahren, eine Scheinwerfergarnitur für seinen Capri 1700 kaufen. Ich verwende extra diesen merkantilen folk slang und nicht Großkaufhaus in Stadtrandnähe und Mittelklassekabriolett, um dem Leser die quälende Nähe der Konsumselbstverständlichkeit ipsoquique darzulegen. Oh prima, ich mir denk, diese Satzstellung mache ich mir öfters in Ansehnung der Unterprivilegiertheit meiner Entlohnung als Opposition zur allgemeinen Zivilisation zu eigen, sehen wir diesen Dreck, die Arbeit und das Arschpudern dazu erst ein bißchen später.

Im Wertkauf entdeckte ich einen Kleiderständer voller billiger Blue Jeans und nachdem ich eine vollkommen zerschlissene Arbeitshose anhatte, konnte ich der Zueignungsgeilheit nicht widerstehen und probierte eine an, die mir auch gleich paßte und die ich auch gleich anbehielt. Natürlich dachte ich, auf Grund einer Verwirrtheit, die mir ganz unbefragt mitläuft, wozu soll ich sie bezahlen und lief mit kosmischer Gründlichkeit den Hausdetektiven in offene Arme. Man steckte mich unter alltäglichen Unüblichkeiten, in der Tat gings aber ganz zivilisiert zu, ins Polizeigefängnis. Nur ein paar alte Weiber schauten von ihren fetten Hunden weg. Ich sprang mit proletarischer Pfiffigkeit schnell zu einer hin, mit aufgehobenen, gefesselten Händen wrang ich sie folgend an: „Also das müssen Sie mir versprechen, die nächsten vierzehn Tage für den Cockerspaniel nur Wasser und Brot".

Wenn man Thomas Mann liest und dann so auf der Straße spazieren geführt wird, bemerkt man, daß die Entfremdung auch etwas Gutes hat, aber dem non plus ultra, das ein jeder sich vorstellen mag, ist so leicht der Wind aus den Segeln zu nehmen, durch ein einfaches „vielleicht auch falsch" (Döblin). Ein fettähnliches Gewürz würde uns aller Geschmacksprobleme entheben. The whole man must move together (Lichtenberg), wär' ganz schön, wenn man unter dem Ort von together was verstünde.

Im Häfen war's ganz lustig. Als ich reinkam in das Gemeinschaftszimmer, setzte ich mich auf irgendeinen Platz. Ein anderer Casanova rülpste mich an, das sei sein Platz. Hier war konjunktiv allerhöchst am Platz. „O.k.", sagte ich furchtsam und rückte eine Pritsche weiter. „Wasn mit dir los", fragte mich ein Dritter. Ich hatte gerade meine Kontaktlinsen aus meinen Augen geackert und in ein leeres Zünderschachterl manövriert. Ja, was wollte ich gerade erklären, aber dann fiel mir was Besseres ein, ich sagte: „Ich muß über meine Tat nachdenken". Darauf sagte der: „Ja, sind heut lauter Irre da". Wie schön mich das berührte, lauter Irre.

Mit Fressen, Rauchen, Anschauen ging die Zeit dahin, einer erzählte, er sei 300 Kilometer zu Fuß gegangen, dann ist er verhaftet worden. Was er sonst für Schandtaten auf sich hatte, damit kam er nicht heraus, er hielt 300 Kilometer zu Fuß für sträflich genug. Gegen Abend haben sie noch einen Superhelden eingeliefert, wegen öffentlichen Mundharmonikaspielens. „Wovon soll man leben", fragte er sich immer wieder, „wenn der arme Vater tot". Das fragte er sich so lange, bis ihm einer der Gewohnheitsverbrecher einen Schuh an den Kopf schmiß, worauf der Künstler nur aufklärerisch verlangte: „Junge, aber doch nicht an den Kopf!" Zu mir sagte er gleich, meine Mutter solle mich herausholen. Wie er draufkam, schien mir hellsichtig. Fast die halbe Nacht repetierte er das Plädoyer, das er, sonderliche Rechtsauffassung, an den Staatsanwalt halten würde, welches jedesmal mit den Worten endete: „Herr Staatsanwalt, Weihnachten steht vor der Tür, behalten Sie mich doch hier!" Obwohl Weihnachten gerade bei der Tür hinausgegangen war.

Neben mir schlief ein tschechischer Kameramann, der behauptete, daß ihn seine Alte hierhergebracht hätte, weil er müde geworden, die leidige Säuferin zu pudern, da sie jedesmal, wenn sie unterm Hammer war, mitten im Gschäft einschlief und sie ihn wegen ein paar verhökerter Antikies anlehnte. Es war alles in allem eine saubere Gesellschaft, in die sich der Hundsstaat da einmischte.

Durch langes und geduldiges Zuwarten fand ich dann doch den nötigen Mut, entscheidend und tief einzuschlafen. Gegen Morgen hatte ich einen langen Traum, dessen Exklusivinhalt „Ein Sonntagnachmittag im Polizeigefängnis" war. Der Traum war durchwirkt von der allgemeinen Trostlosigkeit eines Sonntagnachmittags in städtischem Milieu, vermehrt durch einen zusätzlichen Zahn Depression aus trübem Oberlichtensonnenschein. Was so ähnlich wirkt wie die Bahnhofsrestaurations-Verlassenheit, die durch ihre Gesteigertheit ins Heroisch-Genüßliche umschlägt.

Am nächsten Morgen passierte etwas, das fein gebaute Leute zum Nachdenken veranlassen müßte.

In einer Gefängniszelle allgemeinen Zuschnitts wird die Wasserzufuhr für Trink- und Waschwasser von außen bestimmt. Das ist nicht nur ungerecht, sondern auch unangenehm, und fördert wie vieles die Würde und Erhabenheit der Karapuschboys. In einem größeren Krug aus Polydingsbumsäthylen, der sich sehr zum Verschmutzen eignet, wird nun Trinkwasser für die von der Organisation bestimmten wasserlosen Zeiten aufbewahrt. Der Mundharmonikaspieler hatte sich durch seine nächtlichen Tiraden, Lachanfälle und Gedichte, er sprach lange in gemessenem Tonfall vom Vater, seinem Bart, der Zeit und Abrakadabra, bei den Gesetzesbrechermaschinisten (Th. Bernhard) derart unbeliebt gemacht, daß sie ihm den Wasserkrug verwehrten. Worauf der Mundharmonikaspieler sagte: „Ich kann's, aber ihr nicht", und mit der hohlen Hand Wasser aus der Klomuschel schöpfte und in seinem Schlund verfrachtete.

Zur Zeit des reifen Vormittags, wir mußten uns mit poetischen Zeitbestimmungen helfen, da jedwedes Uhrwerk, wie sonst alles Spitze wegen Suizidgefahr von uns genommen war, wurde ich dem Schnellrichter vorgeführt. Das Verhandlungszimmer schaute aus wie ein geplündertes Waffenmuseum. In den Wänden steckten in der Höhe herrlich gleitsicherer Abfahrtskis ein Haufen ausbruchssicherer Mauerhaken, die es einem nahelegten, eines Tages das Ende eines überdrüssigen Justizbeamten davor zu bewahren, am nahen Fußboden solches nicht sein zu können. An einem großen, quadratischen Schreibtisch saßen an jeder Seite jeweils ein Richter, ein Staatsanwalt in schwarzen Faschingskostümen, die von vornherein eine gewisse Unzurechnungsfähigkeit suggerierten, ein Rechtspraktikant in einem Walkjanker aus bodenständigem Loden, der eine feste Entschlossenheit zu ebensolcher Verfassung bekundete, an seinem Revers klebte ein leichenbleicher fan-button mit der Aufschrift: „I like Suzie Quatro", und ein Angeklagter, den ich kostenlos spielen mußte, in total vernachlässigter äußerer Aufführung, die ein Urteil über die innere leichter ermöglichte. Auf dem Schreibtisch lagen viele Akten, Gesetzeswerke, Schreibpapier und etcetera herum, so daß ich mir dachte, nachdem ich die Temperatur des Schreibtisches mit der Hand geprüft und für ausreichend befunden hatte, wenn diese Landschaft entsprechend vergrößert wird, und bei der Aufblasbarkeit heutiger Verhältnisse kam mir nichts unmöglich vor, könnte ich da einen angenehmen Urlaub verbringen. Der Staatsanwalt, ein feistes Männchen, das ich erst akzeptieren konnte, nachdem ich ihn mir in seinem ehelichen Bett vorstellte, verlas die Anklage, versehen mit entsprechenden Paragraphenkladeratatsch, dessen Inhalt in meinem Kopf gewaltiges Brausen wie Durchfall im letzten Stadium erzeugte. Dann richtete der Richter das Wort an mich, er sagte: „Der Herr Staatsanwalt hat Ihnen das alles so schön dargelegt, was sagen Sie dazu?" Ich glaubte vom Sessel zu fallen, er sagte tatsächlich, so schön dargelegt. Zwischen seinem Schädel und dem Stempelkissen vor ihm am Tisch bestand eine so vertraute Ähnlichkeit, daß es nicht Wunder was wäre, ginge er auf leisen Sohlen davon, einem Adoptivkind Zahnstocher in die hohe Stirn zu treiben. Und wirklich legte er seine Wange auf das geöffnete Stempelkissen und gab so inkohärentes Zeug wie: „Im Verlauf der Verhandlung ist es dem rechtsfindenden Organ jederzeit gestattet, seine Wollstrümpfe sowohl hinunter- wie hinaufzurollen, falls dies dem Schicksal der an der Wahrheitsfindung beteiligten Personen keinen Abbruch thut", zum Besten. Der Staatsanwalt erhob sich und kam um die Ecke des Tisches auf mich zu und flüsterte in mein Ohr, das ich wie eine verträumte Betschwester an seinen kühn geschwungenen Mund hielt, daß im allgemeinen einem gerechten Urteil von Staat und Volks wegen nichts entgegenstünde, aber durch einen bedauerlichen Zentralschaden an der Richtervorführmaschine sind unser Gnaden beziehungsweise unser Ehren heute ausgefallen, und ich möchte, nichts für ungut, so lieb sein und ein andermal wiederkommen.

Also trottete ich unverhängten Urteils unter Aufsicht eines „oculus legi" oder Pflasterhirschen, wie die Nichtlateiner aufgeräumtermaßen untereinander herumraunen, in die Großraumzelle mit augenblicklich günstiger Belagskonjunktur zurück. Dort bezog ich wieder meine Pritsche, wo ich mich einrichtete wie auf einem Katafalk, die Nase und Zehenspitzen nach oben, die Arme über der Brust gekreuzt. Ich erinnerte mich an einen alten Donauschwaben, als er bekannte: „Jo mei, Herr Schmidt, s'Leben is Scheiße, do schuftest und rackerst und auf einmal hast die Nasen hoch". Eine seltsame Art, den Tod zu illustrieren. Sonst sagen die Leute meistens solche öden Sager wie: „Wenn ich einmal die Augen zumache oder die Kartoffeln von unten anschaue", oder so ähnlichen Schmafu, aber die Nase hochtragen hat etwas ungemein Stolzes und Verächtliches, da die meisten Leute im Leben keinen besonderen Grund haben, die Nase in den Himmel zu recken, so wolle das wenigstens zu Todeszeiten geschehen.

So auf dem Katafalk kamen mir allerlei Gedanken. Wie geht das zu, warum wird so ein alltäglicher Schnellrichter angesichts meiner harmlosen Zerfetztheit offensichtlich verrückt, warum geht jede Firma, bei der ich längere Zeit arbeite, unweigerlich Pleite, und das in Zeiten phantastischer Zuwachsraten? Warum sehe ich, wenn ich in das Gesicht eines Kindes schaue, mit beinharter Penetranz die Ikone eines zukünftigen Idioten meinen Blick abdrehen? Is schon ebbes blöd, wenn man nur solches registriert oder auf sich zukommen läßt. Man kommt sich ja wie ein Ekel vor, ohne Ideologie und Andacht, nur Lazzi, Schwermut und Unbegreiflichkeiten im Kopf. Solch trübseliges spirituelles Strandgut befiehlt mich und ließ sich von mir auch noch ordnen, so daß ich es sogar verstand und ein dementsprechend düsteres Gesicht machte. Die anderen Karapuschboys (karapusch heißt im türkisch-arabischen Grenzbereich: verhaftet) achteten allerdings kaum auf meine verfinsterte Grimassierung, weil ein düsteres Gesicht kann im Häfen nur ein luxuriöser Gemütshaushalt lancieren, und solche Burschen haben überhaupt keine Ahnung, wo's lang geht.

Hie und da warf mir einer eine filterlose Zigarette zu, weil er meinte, meine Marlboro könnten meinen Charakter verderben. Ich befühlte ständig meine Nase, und da sie feucht war, dachte ich im Fahrtwasser eines Bobbywitzes, daß ich soweit noch in Ordnung wäre. Als ich in die lokale Klomuschel hineinpinkelte und an den Harmonikaspieler dachte, wie er sich hier gelabt hatte, wußte ich, daß ich noch lange hierbleiben werde und wirklich, in der Nacht hatte ich einen derart schwerwiegenden Traum, dessen ganzes Gewicht ich meiner Treu auf meinen linken Unterarm gelegt haben muß, jedenfalls erwachte ich am nächsten Morgen mit gebrochener Elle und Speiche. Weswegen ich auch zwecks Reparatur dieser Defekte in die Krankenabteilung des Polizeigefängnisses, das in einer Straße situiert war, die lächerlicherweise „In der Löwengrube" hieß, überstellt wurde, wie dieser Vorgang, da ja Zwang dazu, benannt wurde.

Im Häfenspital gab es sogar Krankenschwestern. Ich hoffte inständig, ich würde mich in eine hübsche, jugendliche mit sorgsamen Manieren verlieben, aber wie's mein stereotypes Pech wollte, hat's mir eine widerliche alte Beißzange mit barockem Faltenwurf im Lederstrumpfgesicht schwer angetan, und zwar nur deswegen, weil sie immer sagte: „Die sagen einfach nichts", wenn sie von Blumen, Ärzten, Kohlen, Frankfurtern sprach.

*

Es würde bald finster werden, in schöneren Worten, eine homogene Abenddämmerung würde in absehbarer Kürze graue Vorboten als leise Mahner an die Schwärze der Nacht über die Stadt senken.

Ragnar Zeithammer, ein jüngerer Mann, der, wie sein Vorname auch sagt, in der Nazizeit getauft wurde, beschloß also die noch verbleibende Zeit vor der garantiert zu erwartenden Dunkelheit (wos is, wenn's aber heit net finster wird? Karl Valentin) zu nützen. Er wollte einen Blick in die Ferne thun. Von seinem Zimmer im fünften Stock eines kommunalen Wohnbaus fiel ein entsprechend modulierter Augenstrahl auf den städtischen Schlachthof, ein größeres und weithin bekanntes Bundesgefängnis, dahinter auf einige Hochhäuser, die allesamt wie der Kaiser Nero im Größenwahn über den südlichen, ansonst verhäuselten Teil der Stadt blickten. In spiraliger Ferne, was ebensoviel heißt wie in blöder Ferne, wurde sein Blick von einem mit gesundem Mischwald überzogenem Mittelgebirge beendet. Ein Blick in die Ferne entspannt, bekanntlich oder nicht, angestrengte Sehnerven, befriedet, zumindest ansatzweise, ein aufgestörtes Gemüt und ist im Vergleich zur gemeinen Chaotik ein relativ ungefährlicher Lebensbetrieb.

Ragnars Augen schmerzten allein deswegen, weil

er das ist, was man, im Guten wie im Schlechten, einen irren Bücher- und Zeitschriftenwurm nennt. Er las einfach alles, was der Schwarzen Kunst über die Lettern kam. Die Schundheftln aus Heimat- Herz- und Goldroman, Tom Mix, Allan Wilton, Jerry Cotton, Tages- und Wochenzeitschriften, Komix, Kirchenblätter und landwirtschaftliche Nachrichten, Sex-Polit- und Wirtschaftsmagazine, die in- und ausländische Weltliteratur, sowie die in- und ausländischen Fußnoten dazu, philosophisches Zeugs von Grethi und Plethi, sowie und so weiter und so fort. Die Fragestellung, eine einfache Frage wird dem keineswegs gerecht, ob die Welt aus Phiso und Theso besteht, war ihm ebensowenig fremd wie die tiefenpsychologische Bedeutung, welche die Tatsache absondert, daß irgendjemandes Lieblingstier das Rindvieh ist. Sein Wunsch nach Aufbesserung seines geistigen Standards, wie in edlerem Licht das Gelingen emanzipatorischer Bemühungen weg von Furcht und Aberglaube, wurde jedoch restlos enttäuscht, respektive ersatzlos vereitelt. Je mehr er las, desto verwirrter wurde sein geistiger Hausstand, desto unsicherer wurde sein Urteil allem und jedem gegenüber. Er war einfach nicht in der Lage, die grauenhaften Massaker widerlich krimineller Sexueller eindeutig zu verabscheuen, geschweige zu verurteilen, sodaß ihm immer wieder die Sentenz „Es ist schwer" und diese nun aufgefaßt im Sinne des amerikanischen Strafrechts als der Weisheit vorläufiger Schluß erschien. In Amerika bedeutet das Wort Strafsatz, wenn einer also eine Lifesentenz aufgebrummt bekommt, so müßte er durch einen Übersetzungsfehler dieses Lebensmotto verbüßen, was bei der üblichen Härte der Lebensmotti wahrscheinlich dasselbe ist.

Das Telephon läutete. Geschickt hantierte er den Hörer an Horch- und Sprechwerkzeug: „Ja, Zeithammer".

„Hier Pfarramt Sachsenkam."

„Ja."

„Mit Ihrer Hochzeit, Herr Zeithammer, geht alles in Ordnung, wir haben die Trauung für kommenden Samstag um vierzehn Uhr angesetzt, in der Pfarrkirche zum Heiligen Andreas bei uns hier in Sachsenkam, wenn Sie mit dem Auto aus Richtung Süden kommen, müssen Sie sich am Eingang des

Dorfes gleich rechts halten, dann kommen Sie zu unserer Kirche. Sie können sie nicht verfehlen, es ist eine moderne Kirche ohne Turm. Wir hier in Sachsenkam wollten auf diese anrüchige Symbol versuchsweise verzichten."

„Ja, kann ich verstehen."

„Also bleibt's dabei, Samstag um zwei sind Sie dabei."

„Ja danke vielmals, auf Wiedersehen."

Er legte den Hörer auf und ging in die Küche und griff sich im elterlichen Kühlschrank ein Wurschtel. Eine schwedische Bekannte hatte sich vor einigen Jahren mit dieser Pronunciation in sein Ohr geschmeichelt. Es war ein liebliches und profanes Vergnügen zugleich, sie zu hören, wenn sie, „I need Wurschtel", sagte. Das mit dem Anruf hatte überhaupt nichts auf sich. Er wollte weder heiraten und schon gar nicht in Sachsenkam, einer phalluslosen Kirche. Aber eine Aufklärung oder Richtigstellung war ihm die Sache nicht wert, so sagte er einfach, ja ja und paßt scho, bacsi. Er war ein ganz cooler Hund.

Um sechs Uhr sollte Ragnar Zeithammer bei Herrn Guggimoos vorsprechen. Herr Guggimoos, ein älterer Menge, ist Inhaber eines Eichamts für Elektrozähler. Seinen Ausführungen konnte man entnehmen, daß ihn Turmrechnen einen Dreck was scherte. Den Untergang des Abendlandes belegte er mit dem Untertitel „Alles halb so wild". Ragnar hatte von bekannter Seite erfahren, daß Herr Guggimoos einen Zählerputzer- und Prüfer suche, und da er beschäftigungslos, aber nicht privat war, wollte er einmal schauen. Herr Guggimoos, der über einen russischen Lebensstandard wie auch eine russische Seele verfügte, empfing ihn herzlich am Samowar seiner Werkstatt. Gleich zu Anfang eröffnete er, daß man mit dem Wörtchen plötzlich sehr vorsichtig umgehen müsse, der Wirklichkeit sei es eher unbekannt, vielmehr bereite sich alles von langer Hand vor. Ob er wohl ein Minimum an technischem Interesse zu seinen Eigenschaften zähle. Die gespreitzte Ausdrucksweise ging Ragnar ziemlich auf den Wecker. Wohl vor allem deswegen, weil er sich selbst gern mit manirierter Sprachführung vom gemeinen Haufen der Hamma-samma-Hottentotten zu unterscheiden wünschte. Gleich und gleich gesellt sich zwar gern, aber Ähnlichkeiten stoßen ab. Er sei eigentlich nicht besonders technisch interessiert, sei aber willig und von nur geringfügiger Begriffsstützigkeit. Plötzlich wußte er, daß er den Job zum Kotzen nicht wollte. Herr Guggimoos schien das auch zu fühlen. Die goldene Brücke formulierte er so: „Eines muß ich Sie noch fragen, schwitzen Sie leicht in den Händen?“ Man konnte deutlich eine viel zu große Glühbirne blinken hören. „Ja, überaus“, antwortete Ragnar.

„Ja dann kann ich Sie, so leid es mir thut, und trotz Ihrer kurz gehaltenen Schwerfälligkeit, nicht in meinem Betrieb verwenden. Die ganze Eichung würde wesenlos in sich zusammenfallen, und alle Zahnräder verrosten.“

Ragnar Zeithammer verstand, sah ein und entfernte sich aus Herrn Guggimoos' russischem Seelenreich. Zu einem Rendezvous.

Er haßte den Gang durch die Straßen. Die unzähligen Augenduelle, die es wieder auszufechten und schließlich zu verlieren galt. Er konnte sich nicht dazu verhalten, einfach zur Erde zu schauen. Ein seltsamer, einstweilen unerklärlicher Zwang zwang ihn immer wieder, in die Gesichter Vorübergehender zu schauen, und zwar in die Augen. Man kann nicht nur auf eine Nase oder einen Mund schauen, man erwischt immer die Augen. Wohl weil sie der Spiegel der Seele sind, und nachdem man ihr Wesen bisher vergebens erforscht hat, man wenigstens den Spiegel davon kennenlernen möchte. Alte Frauen ließen sich das ganz gerne gefallen. Junge Mädchen schon weniger, meist schauten sie indigniert weg oder glotzten beleidigt in die Ferne. Dagegen reagieren Männer jedweden Alters meist mit wütendem Okularfeuer, das ihn veranlaßte, die Pose junger Mädchen einzunehmen. Es war ein Kampf auf allen Linien. Eine, allerdings hinkende Erklärung dieser Manie nach den Augen fremder Passanten drängte sich ihm auf. Sie lag auf der Linie seiner Sucht nach Information, er fürchtete, ihm ginge etwas verloren, wenn er nicht jedes einzelne Gesicht nach einer Botschaft absuchte.

Im Orpheum Kino wollte er Helga Pock, eine Bekannte aus zweiter Hand, sie war ein Ableger seines Freundes Jimmy Hendrix, eines stadtbekannten Weiberstars, treffen. Aus Zerstreutheit, und weil er doch ein Freund von Jimmy war, hatte sie ihm ein Rennen versprochen. Ragnar ging ganz beklommen vor dem Kino auf und ab, wartete unruhig auf Helga Pock, ein ziemlich hübsches Mädchen mit Schultern wie ein amerikanischer Killer. Was sollte er mit ihr sprechen, sollte er sagen, der langen Rede kurzer Sinn, obwohl er gar keine lange Rede gehalten, ich möchte gern mit dir schlafen. Aber sie würde den Witz gar nicht verstehen, und sehr gut war er ja auch nicht. Er hatte Angst vor den Frauen, und die Frauen fürchteten sich vor ihm, weil er Angst vor ihnen hatte, so war es jedenfalls bei Jack Keruoac, wie Allan Gingsberg diagnostisch feststellte.

Aber das waren alles müßige Überlegungen. Der blöden Sau kam es gar nicht in den Sinn, sich zu diesem öden Typ mit seiner überlangen Nase in ein finsteres Kino zu setzen. Dabei war der Besitz einer langen Nase, so ist das erzleben bei Gogol nachzulesen, beileibe ein erfreuliches Attribut und dessen Abhandenkommen ein höchst schmerzlicher und das Selbstgefühl eines aufrechten Russen gar horrend dämpfender Verlust. In seiner Enttäuschung und Verletztheit, denn er hielt sich insgeheim ausgestattet mit den Eigenschaften Jedermanns, dachte er gar nicht daran, die zweite nun überflüssige Eintrittskarte abzusetzen, sondern setzte sich mit dem Recht auf zwei Sesseln auf einen einzigen. Seine Stimmung glich derjenigen, die der Country und Westernjargon ausdrückt, wenn er sagt: „Žfleiß sui ma recht gfrieren, warum kaft ma da Vota kane Schuach“.

Der Tag war so mies, daß ihn das Nachdenken darüber schnurstracks in den nächsten Bluesclub trieb. Wenn er nicht Kafka gelesen hätte, na dann gute Nacht. Der Kafka, das ist ein ganz irrer Gentleman, wenn der auf der Straße geht, dann kann alles passieren, plötzlich sagt einer: „Sie Lump, wie geht's Ihrem Gespenst?“ und Kafka klopft ihm auf die Schulter: „Durchschaut“, sagt er und freut sich irrsinnig, daß er im nächsten Kapitel als Christbaumverkäufer in Weihnachtsstimmung macht. Nach einigen Nummern homecooking und anderem selbstgestrickten von Al Cook ging Zeithammer nach Hause. Morgen, beschloß er, werde er seinen alten Schulfreund Elemer Wild im Häfen besuchen. Elemer Wild, das bin ich, außerdem bin ich untergewichtig und habe ziegelrotes Haar, and my number is 73-89-12.

*

Amigo Zeithammer erfuhr im Inskriptionsbüro, das aber bei der Polizei anders heißt, ich befände mich nicht im Hä-Häfen, sondern im Hä-Spital. Also besuchte er mich dort. Ich freute mich sehr über seinen Besuch, er würde mir sicher etwas zu lesen mitbringen. Wenn ich bei ihm zu Besuch bin, er hatte eine gepflegte und hochanständige Plattensammlung, nehm' ich immer eines seiner tausend Bücher mit, zurückbringen tu ich es allerdings nie. Er sagt aber nichts, wahrscheinlich ist es ihm wurscht. Tatsächlich zog er aus seiner Manteltasche zwei Taschenbücher, das eine war Charles Bukovskis „Notes of a Dirty Old Man", das andere hieß „Schlachthof Nr. 5" von Kurt Vonnegut. Er legte die Bücher auf mein Nachtkastl: „Ziemlich lässige Sachen".

Da ich ein ganz gedeihlicher Angeber bin, wollte ich ihm die peinliche Geschichte von der gestohlenen Hose nicht erzählen. Obwohl es ihm wahrscheinlich, bei zweitem Nachdenken bin ich ziemlich sicher, wie alles, was ihm nicht unmittelbar auf den Kopf fällt, eher wurscht gewesen wäre. Ich erzählte ihm eine wilde Raubersgschicht voll Sex und Provokation, zu derem vorläufigen Schluß ich hier gelandet bin.

Wir waren da nämlich bei einem Hund eingefallen, die wir Frau Schuster nannten, sie ist eine begabte Fickerin, die ich im städtischen Jazzkeller aufgerissen habe. Zuvor hatten wir, der Rebernigg Bobby, ein talentierter Radauknigge und Ex-Basketballchamp, der den Weg ins bürgerliche Leben etwas beschwerlich findet, und ich in einem aggressiv-destruktionsterror-happening — eigentlich etwas antiquiert, die Zeit der Happenings ist schon längst vorbei, aber was sollst du machen in der Provinz — den Stiegenaufgang des Hauses, unter dessen Dach Frau Schuster eine Mansarde bewohnt, ultravollkommen zerlegt. Aber ihr war das auch wurscht. Wir setzten gerade zum obligaten Ziagl an, als es an der Zimmertür klopfte. Die Puppn war leider so blöd und hat aufgemacht. Und dann marschierte der Hausherr mit zwei Polizisten ein. Der Bobby hat schnell seine Hose hinaufgezogen. Während ich als echtes Protestgenie mich ganz anderst in Szene setzte.

Wie alle Welt wissen soll, zähle ich einen Riesenschwanz zu meinem körperlichen Eigentum, der schon in der Mittelschule lüstern heiteren bis lasziven Gesprächsstoff lieferte und den ich, als ich noch Lateiner war, „equus cometus" nannte. Der lange dicke Prügel ist für mich so etwas, wie für einen anderen der Stein der Weisen, aus dem ich meine ganze Seinsfestigkeit beziehe, wenn ich nun, auch nur gerüchteweise, von einem ebensolchen Stück oder gar noch größerem höre, wie vom Riesengehänge des Hilfsschullehrers Viktor Turel, wird mir ganz mulmig und japanisch zumute. Ich fing also zitiertes Glanzstück aus meiner Unterbuxn und zog einen Paradewichser ab. Auf Polizisten bin ich aus einem diffizil homoerotischen Grund, dessen Komplexität bei Jean Genet eingesehen werden kann, ganz besonders geil. Bevor der eine Junge mit den Koteletten bis weit in die Wangen noch „Sie Schwein" schreien konnte, der andere hatte noch ein bißchen früher ganz vorwurfsvoll bemerkt, wie's da ausschaut, hatte ich dem Stutzer schon eine volle Ladung auf seinen grünen Mantel gespritzt. Der He stürzte sich auf mich, wie ein Riesengeier kam er über mich geflogen und streckte mich mit einem Handkantenschlag zwischen Hals und Schulter nieder. Ich sagte noch: „Bitte ich weiß von nichts", und dann ging ich aus wie eine Unschlittkerze. Als ich aufwachte, befand ich mich im Polizeihäfen. Den Rest erzählte ich so, wie ihn der Leser schon kennt, ob er es für bare Münze nimmt, liegt irgendwie außerhalb meiner Interessen.

Zeithammer bestaunte meine Exposition, Durchführung, Reprise und Coda, wie überhaupt die Aufführung und den Stil. Er meinte: „Du bist einfach einige Nummern größer als ich". Das war mir peinlich, ich wußte doch, daß ich ein Star war; andererseits fordern diese verdammten humanistischen Pädagogen vom Idealbild des Homo Sapiens & Faber, auf Faber würde ich ohnehin gern verzichten, in vorderster Front der Evolution, was ohnehin Humbug aus dem vergangenen Jahrhundert ist, ein gewisses Maß an Bescheidenheit. Also eingedenk des Satzes von Imi scherte ich mich einen Dreck was drum und sagte einfach: „Ja, ja, das weiß ich eh, ist mir vollkommen klar".

Ich bemühte mich, schnell davonzukommen. Ich wußte, er litt unter permanenter Weiberstarvation, deswegen schlug ich ihm vor, er solle doch Frau Schuster aufreißen, sie sei neben ihrer Anfertigung als hingebungsvolle Fickerin noch eine fortgeschrittene Masochistin. Als ich sie das letzte Mal in der Schranzn hatte, fragte sie mich doch glatt, ob ich nicht einen Gürtel oder Schnalle hätte, mit dem ich sie ein wenig auf ihren perverten Zahn fühlen könne, aber nur dort, wo man es nicht sieht. Leider mußte ich bedauern, kein Werkzeug zu Hause.

Zeithammer bekam ganz nachlässige Züge, es fehlte noch, daß seine Rinnaugen zu trenzen anfingen, aber es war ein sicheres Zeichen, daß er wirklich angekurbelt war. Er hatte gleich eine Erklärung des Masochismus zur Hand, die er aber, wie es seine Art war, mit vielen Vorbehalten versah.

„Weißt du, der Masochist hat gegenüber dem Sadisten den unwägbaren Vorteil, er verhindert die Möglichkeit des persönlichen Scheiterns, da er diese Möglichkeit an das Walten des Sadisten abtritt, der mit der Auslöschung seines Opfers vor dem Nichts steht, während der Masochist mit seiner Auslöschung dieses Nichts gewonnen hat."

„Vollkommen klar, steht in der Bibel."

„Ja und du meinst, daß ich einfach hingehen und die Alte zsammstrampfen und niedervögeln soll?" Dabei schaute er versonnen in die Ferne, es sah aber aus, als blicke er wehmütig in die Vergangenheit, so Sie, lieber Leser, diese mimische Interpretation nachvollziehen können, wenn nicht, dann lassen wir es. Wie dem auch sei, ich gab ihm die Nummer der Frau Schuster und riet ihm, er solle unter dem Vorwand, er müsse meine Lederfäustlinge abholen, da ich sie im Gefängnis zur Erwärmung brauchte, bei ihr vorbeischauen.

Zeithammer wurde ganz unruhig: „Also das ist das Ende des Besuchs", er machte noch die Zeichen eines Privatexorzisten über mich und verschwand, nicht ohne von der Tür des Krankenzimmers noch einmal alles einholend zurückzulächeln.

*

An einem der nächsten Tage, welcher, das ist ja ohnehin von geringerer Bedeutung, es sei denn, es handelte sich um einen der Tage des großen Rundfunkens von 1938, stieg Ragnar Zeithammer bekannt beklommenen Herzens himmelwärts die Treppe zur Schusterschen Mansarde, natürlich nicht ohne vorher das Datum telephonisch fixiert zu haben.

„Sie sind also“, sagte Frau Schuster mitten aus ihrem Sammy Molcho-face, wo ihr rosa Mund war, „der Herr Ragnar Zeithammer, von dem mir der wilde Elemer soviel und eigentlich so wenig erzählt hat, daß ich gar nicht weiß, wer zum Teufel Sie sind!“

Vorsicht, sagte sich Ragnar, hier hagelts Schwachsinn. Das Zimmer war ungeräumig und in seelenvoller Unordnung gehalten. Die Möbel schienen geradewegs aus einer ausgebombten Ruine herausgefischt. Richtig gemütlich, wie das Zimmer eines amerikanischen Hobos, einer von den Burschen, die einfach in ein Zimmer hineingeflogen kommen, sich in der Mitte hinsetzen, ihr Bier trinken und nichts, aber auch gar nichts anrühren, bis ihnen der Dreck in den Hintern kriecht und sie sich nach nirgendwo abseilen.

„Was hat denn der gute Elemer von mir erzählt?“ Ihr Anblick fuhr ihm wie ein kalter Schock ins Zahnfleisch. Sie war so schön und noch dazu Auslagendekorateurin.

Ragnar setzte sich auf einen freien Stuhl und fischte nach seinen Zigaretten.

„Er hat mir geflüstert, daß Sie, aber sagen wir doch einfach Du, damit wir uns da nicht in irgendetwas verrennen, daß Du ein fürchterlicher Nikotinsklave bist, dazu hie und da ein schreckliches Alkoholgespenst, das gelegentlich auf die Weiber mit einer Bierflasche losgeht.“ Sie versuchte ein Lächeln, das sagen sollte, sie wüßte schon, was sie da daherredet und obendrein sei es ja auch belanglos, Hauptsache man redet überhaupt etwas und beweise so überzeugend, man sei nicht taubstumm.

„Ach das“, erwiderte Ragnar, „darfst du nicht so tragisch nehmen, das sind nur so Experimente, eigentlich nur unbedeutende Versuche, der Konvention zu entkommen.“ Seine Stimme hatte den Klang alter Tonbandaufnahmen, ein wenig ausgeleiert, die Vokale auf eine ungute Weise gedehnt und in einem brüchigen, recht authentischen Vibrato verfilzt. Als wären überall kleine Stillen eingebaut. Anscheinend konnte sie mit seinem Geschwätz nicht allzuviel anfangen, und außerdem roch es penetrant nach Heizöl. Draußen fiel der Schnee in einem endlosen Vorhang beim Fenster vorbei. Es war einer der seltenen Tage, daß in der Bukowina im Juni noch Schnee gefallen ist. Sie fragte ihn, ob er Musik hören wolle, dabei schaltete sie ein Kassettengerät ein. Aus dem kleinen Transistor kam ein ganz seltsames, unheimliches melancholisches Klarinetten- und Geigengedusel. Das sei die ungarische Selbstmördernummer, wie sie sie nenne. Die Aufnahme sei in Ungarn verboten worden, weil bei jedem dadara didara dum seien in Ungarn ein Schock lebensmüder Staatsbürger beim Fenster hinausgeflogen. Frau Schuster bot ihm etwas zu trinken an. Sie erkundigte sich nach Elemer und ob man ihn besuchen könne. Ragnar war einerseits froh, über irgendetwas sprechen zu können, andererseits wußte er, das bringt ihn seinem Wunsch, einfach mit ihr zu schlafen, keine Handbreit näher. Er stürzte den Slibovitz hinunter und schenkte sich gleich noch einmal ein. Er hoffte, wenn er ein wenig fett wäre, würde er vielleicht mit mehr Dampf auf den Kern der Sache, welcher ihre Fut war, losgehen.

Frau Schuster, die so schön war wie Cleopatra, weshalb sie gelegentlich ägyptisch sprach, trank ihrerseits auch fleißig; sie war eine natürliche Säuferin, aber noch jung. Sie langweilte sich gerade noch erträglich und hoffte, der öde Blödmann würde bald wieder gehen, obwohl diese hoffnungslose Mischung von Witz und Traurigkeit, die dieser Mensch offensichtlich seiner Umgebung zu Diskontpreisen überließ, sie nicht unsympathisch berührte.

Ragnar erzählte ihr eine amerikanische Benzinkrisenanekdote, da er irgendwo gehört hatte, Frauen lieben, wenn es gar nichts anderes gibt, sonst halten sie sich an die Sprüche- und Windmacher, denen sie die größten Überlebenschancen zubilligen und da wollen sie natürlich auch dabei sein, den der sie zum Lachen bringt. In irgendeinem USA-Bundesstaat haben die Autoritäten bestimmt, daß an den verschiedenen Wochentagen nur alternierend zwischen geraden und ungeraden Autonummern getankt werden dürfe, und da habe nun eine Dame eine halbe Stunde auf einen Tankwart eingeredet, daß acht eine ungerade Zahl sei. Frau Schuster platzte fast wie ein Tiefseefisch an der Meeresoberfläche, sagte aber dann: „Ja, wenn sie's so gelernt hat."

Ragnar wollte darauf in eine tiefe Grübelei verfallen, die ohnehin nichts gebracht hätte, aber plötzlich beugte sie sich von ihrem Bett, wo sie saß, herüber zu Ragnar und ergriff seine Hand.

„Ich versteh etwas vom Handlesen, gib einmal her!" Sie hielt seine Linke mit der Innenseite nach oben und war von den unmißverständlichen Würstelfingern gar nicht einmal perhorresziert. Nach einer kurzen Prüfung sagte sie: „Du wirst sehr lange leben, aber die Schwierigkeiten werden nie aufhören; Gefahr droht dir vom Straßenverkehr". Worüber sie beide lachten. Anscheinend war das ein Standardwitz von ihr.

„Mit Fleiß, Ehrgeiz, Ausdauer und Disziplin wirst du es noch zu etwas bringen."

„Ja, ja, ist schon gut." Ragnar langte mit seiner Rechten nach ihrem Hinterkopf und zog dadurch den vorderen Teil zu seinem Gesicht, möglich, daß der Schnaps bereits wirkte. Er versuchte sie zu küssen, indem er seine Zunge voll in ihre Mundöffnung hineinschob und damit dort herumfuchtelte wie ein viruskranker Polizist auf einer Saharakreuzung, während sie ihre Zunge faul wie ein Grottenolm auf ihrem Unterkiefer herumsielen ließ. „Das war wohl nix", stellte sie treuherzig rosamunden fest. „Na ja", meinte Ragnar, gottergeben wie ein Musliman, aber optimistisch wie ein amerikanischer Desperado: „Gimme another chance!" Mit zartem Schwung und charaktervoller Ungeschicklichkeit drückte er sie auf das Bett.

Was passiert jetzt, dachte Frau Schuster, wenn ich einfach einen lauten Schas fahren lasse.

Voller Vorfreude, daß die Sache glatt über die Bühne gehen werde, fuhr Ragnar Frau Schustern mit der Hand unter ihren Rock und Unterrock, zusammenfassend also unter die Röcke, zwischen die selbstverständlich prächtig ausgeführten Schenkeln. Da sie in gewissen Belangen ein altmodisches Mädchen war, haßte sie Strumpfhosen und vertraute dem altbewährten Sex-Appeal-Vehikel von einem Strumpfbandgürtel, so daß der Weg zu ihrer Möse einigermaßen unbehindert ergrapscht werden konnte. Jedoch, Ach und Krach, hatte sie sich nichts, und wenn, so anders überlegt: „Nein, du, ich mag das nicht, du bist ein anständiger Kerl, mit dir will ich das nicht so haben, bitte geh jetzt, da drüben liegen die Lederfäustlinge".

Ragnar litt schwer unter der Peinlich- und Gesichslosigkeit der Situation.

Er überlegte verzweifelt, wie man der Sache einen honetten Anstrich geben könnte, aber es fiel ihm keine Pointe, kein Apercu, kein Epigramm, rein gar nichts ein. Er war aufgestanden. „Dreh dich um, ich möchte dich beim Weggehen von hinten sehen", so hoffte er einen symbolisch gewendeten, trivial verschlüsselten Abgang zu nehmen. Aber dann trat er ihr einfach in den Hintern, daß sie auf der anderen Seite aus dem Bett kugelte. So war das Arrividerci doch noch lebensecht popig ausgefallen.

*

May there be peace and love and affection among all creation oh god, may there be peace and love and affection among all creation, oh god!

Liebe Gemeinde, ich bin fest davon überzeugt, Sie haben den Geist dieses Gschlodas in vier Etappen, die innere Notwendigkeit der äußeren Wirklichkeit, fix unter der Haut. Gertrude Stein hat schon anfangs 1906 darauf hingewiesen, daß die Geschwindigkeit das entscheidende Phänomen dieses Jahrhundert sein wird. Traun für wahr, möchten wir Heutigen ausrufen. Die Chose eskalierte dermaßen, so halten wir derzeit bei der nuklearen Zerfallsgeschwindigkeit der Gedanken, Verhältnisse, Beziehungen und überhaupt aller fröhlichen Urständ, die von keiner Satire, Ironie, Komik oder gar Polemik erreicht wird. Es wird Sie deshalb nicht wundern, sondern mit Befriedigung und Verständnis auffüllen, daß von der obig geschilderten menschlichen Ammassierung zu dritt, den Bezügen und Zuständen radiputz nichts mehr vorhanden ist. „Gone wift fe wind", wie der Cockney sagt. Letztlich bedeutet es keinen Kurssturz, ob einer von diesem unerfreulichen Gesindel unter rabiaten Umständen in Venedig ersoffen wäre, im Gefängnis eine Karriere als Langschläfer an sich gebunden hätte oder als Retter der Menschheit im Supermarkt vor die Hunde gehen wird. Ich habe da etwas viel Nützlicheres in petto.

In neueren Tagen wird die Intelligenz im Intelligenztest auch unter Einbezug des Faktors Phantasie errechnet. Es gibt da eine Skala, die von wenig phantastisch ausgeht, ansteigt zu bißchen phantastisch, weiterklettert zu phantastisch, sehr phantastisch, superphantastisch und kulminiert bei metaphantastisch. Zwar beweist sich echte Intelligenz, nach einigen Schlußfolgerungen von Helmut Eisendle, durch die Verweigerung des Intelligenztestes. So ihnen das aber nicht ganz eingängig ist, möchte ich ihnen sagen, daß die Phantasie eines Probandenmittels einer neuen Geschichte über eine Katze eruiert wird. Wenn Sie also schreiben: Eine Katze wurde am 3. 4. 1945 geboren und starb am 7. 8. 1952, so ist das eine einzigartige Geschichte, dergleichen Geschichten sind auf jedem Friedhof zu lesen, kann aber nicht einmal mit wenig phantastisch klassifiziert werden und muß mit schwachsinniger Phantasie abgetan werden. Das Paradox ist nur, daß Intelligenzschwachsinnige meist über eine respektable Phantasie verfügen. I make a convincing case for one of them. Aus dem Geist aktiver Nachbarschaftshilfe habe ich nun so eine Geschichte verfaßt, die Sie gegebenenfalls zu persönlichem Vorteil verwenden mögen. Also eine neue Geschichte über eine Katze.

Während du dabeistandest und zusahst, wie die Sechszollreifen des zusammengebastelten Dodge-Lastwagens die Schwellen der Garage nicht überschreiten konnten; sie drehten durch, blieben stekken, waren zu wenig griffig, der Motor war zu schwach, der Fahrer zu wenig bei der Sache, zu leichtlebig, den richtigen Gang im richtigen Moment einzulegen, er hielt nicht zu seinem Auto, hörtest du den Gendarmerieoberst rufen: „So wird man Frachtunternehmer", überlegte ich in gedrängten Gedanken, sollte man nicht Sand oder morsche Schindeln unter die vergebende Liebesmühe schmeißen?

Zur Katze sagte ich: „Katze, du wirst das nie verstehen, du hast dich entschieden, damals, als wir vor Millionen Jahren in kochendem Magma, nette Nukleotiden, friedlich beieinander lagen, du wolltest unbedingt Katze werden. Ich sagte damals, ich wüßte nicht, was ich werden wolle, vielleicht ein Mensch, nun das bin ich auch geworden, aber was das ist, weiß kein krummer Hund."

Nachdem der Motor des alten Dodge explodiert war und das größte Stück dem Gendarmerieoberst an den Kopf geflogen war, und er wie eine geknickte Sonnenblume umgefallen war und nur mehr „Oh" gerufen hatte, sprangst du mit leiser Anstrengung deiner Oberschenkel in meine Arme und kuscheltest dich wie eine Negerbraut an mich. Du warst auch so schwarz und schnurrtest wie kein Metronom, nur eine Katze schnurren kann. Ich trug dich nach Hause, den ganzen Weg über schautest du, als versteckte ich mich in dir.

Du warst ein blendendes Kätzchen, eigenwillig wie eine Katze und so verliebt in dich, aber mit Tasso, unserm Schäferhund, der war so blöd und trug dich auf seinem Rücken, vertrugst du dich, ihr habt sogar aus dem gleichen Napf zur selben Zeit gefressen. Wenn die kleinen grauen Esel über die Brücke gingen, schautest du zum Fenster hinaus ohne zu miauen.

Beim Tischler brannte es gräßlich, die nächtlichen Gassen des Dorfes waren erfüllt von Geschrei und Feuerschein. Ich rief dir schläfrig zu: „Ach laß es brennen", aber du hüpftest schnell zum Fenster hinaus und sprangst wie alle Welt zum Brandfeste. Du mußt dich nicht wundern, wenn man dich dort für eine plündernde Ratte nahm, und der Nachfolger des Gendarmerieobersten dich kurzerhand mit seiner Dienstpistole erschoß.

Eingebungen der Astrologie zeichnen den Widdermenschen als den idealen Jazzmusiker. Seine Konditionen entsprechen genau den Forderungen, die an die Improvisation gestellt werden. Ich zitiere den berühmten Astrologen C. Wilczkowski. „Der Widdermensch besitzt ein kindliches Gemüt, das die Gespaltenheit und Zerrissenheit der Erwachsenenseele nur vom Hörensagen kennt. Es besteht bei ihm kein Zwischenraum zwischen Wunsch und Tat. Traum vermischt sich mit Wirklichkeit. Er ist nicht berechnend und nicht listig. Wie das Kind kennt er keine unmittelbare Vergangenheit. Er unterscheidet kaum zwischen Möglichem und Unmöglichem. Er lebt, denkt und handelt in der Gegenwart. Seine Reaktionen sind schnell, kurz und endgültig. Er ist impulsiv, zu Tode getroffen und schnell getröstet, unbeständig in seinen Sympathien, ständig auf der Jagd nach Neuem, nach Abwechslung drängend und zuchtlos in seinen Überzeugungen."

Nach dem ersten Besuch des jugoslawischen Films „Wenn ich bleich bin und tot" meinte der begeisterte Nabokov-Leser Albert Albert, daß der Film einige anheimelnde Eisenbahnaufnahmen gebracht habe. Ich genügte mir festzustellen, ein von Todessehnsucht perlustriertes Kollosalgemälde jugoslawischer Scheiße gesehen zu haben. Dorte meinte, daß ich in dem einen Punkt langweilig wie alle andern sei, wenn ich nicht in allen andern Punkten anders wie alle andern wäre, ginge sie niemals mit mir in ein Wirtshaus, um dort zu beweisen, daß man nicht nur zu Hause stirbt. Kiwi, Mobile Direktor von kosmischen Graden sagte einfach: „Cuttie", dabei hatte ihn niemand gefragt, was Laubsäge auf amerikanisch heiße.

„Pablo, bleibst bei mir, schlüpfst in meine Schuhe, gibst mir Feuerschutz, Du weißt, die Dummen verkürzen die Zusammenhänge um klüger zu erscheinen, Kluge verkürzen sie um witziger zu sein, der Witzige verschweigt sie, weil er ein Spieler ist, der Spieler hat ein ernstes Gesicht."

„Naja", sagten die Radikaloniristen, „wahrscheinlich eine Überdosis Abführmitteln."

Der Marktpolizist mit dem schönen Namen Andreas Beta Cortelozzis sagte zur Marktfrau, die seine Karriere von ihren ersten Anfängen beobachtete:

„Guten Morgen, gute Frau!"

Gleich darauf warf er mit seinem formschönen Füllhalter nach einer grauen Taube. Unser Feuermelder, der aus peinlich doof ästhetischen Gründen die bunte Fülle des angelieferten Gemüses goutierte, hob den Füllhalter aus der Gosse und retournierte ihn mit vielsagendem Gesicht. Wir haben jetzt also wieder eine Situation, sagte sich unser Feuermelder, der so gerne Situationen lebte, aber keinen Kaffee; somit, schloß er, gehe ich in eine Kaffeestube um dem Mangel beizukommen. Freunde seid eingeladen euch das Unmögliche vorzustellen, tausend Meilen mußte er zurücklegen, ehe er in Fondas Hot Kaba eingekehrte. Traf aber dort nicht nur Kaffee, sondern auch Frau und Freund. Sein Herz, sofern er überhaupt eins hatte, zerfloß wie ein Oktopus beim Anblick einer Konservendose, die ihm fortan Heim und Schutz sein wird. Auf der Stelle trat er aus dem Gastgemäuer, ehe er es wiederbetrat und lachte liebenswürdig Freund und Frau ins Gesicht.

„Eben wollt' ich ein Auge für einen meiner blinden Mitmenschen erübrigen, hab' mir's aber wieder überlegt."

Frau und Freund lachten betreten, denn sie wußten, daß unser Feuermelder eine große Kapazität auf dem Felde der Geizigkeit war. Mit mildem Gehaben setzte er sich an deren Tisch.

„Jawohl, Kaffee & Likör, Zigaretten & Zeitungen auch", sagte der Ober, der aussah wie ein Ober, ans Ende seines jeweiligen Einverständnisses hängte er ein „Yes, Jazz".

„Schaut", sagte unser Feuermelder, der eine Diskussion über das Recht auf Depressionen vermeiden wollte, zu seinen Tischpartnern, „das Leben ist einfach, hier Zigarette und hier Feuer."

Zack, er zündete sich bedeutungsvoll eine Einheimische an.

„Das interessiert ja keinen Schwanz", sagte der Freund.

„Aber vielleicht eine Fut", warf die Frau ein.

Draußen auf der Straße wurden „jetzt" unfaßbare Mengen an Sauerkraut vorbeigeführt, es stank fürchterlich nach Milchsäure. In solchen Fällen empfiehlt die Regierung ihren Gläubigern an den Wald und seine Hüter zu denken.

Ehe der Förster zur Sache geriet, erzählte er introduktiv von seiner früheren Beschäftigung als Koksaussichtswart. Diesen Job übte er zur Zeit der großen Koks- und Kohlendepression aus. Die Gemeinde Wien befahl ihn auf den Donauturm im WIG-Gelände, drückte ihm ein Teleskop aus Kriegszeiten, die sind ja noch immer die besten, in die Hände und bleute es ihm für geraten ein mittels dieses Fernsehgeräts seine Augen scharf über der Donau Richtung Hainburg spielen zu lassen, sollte er einen Koksschlepper, der mühsam aus der Walachai getuckert kam, erspähen, so müsse er sofort, auf jede seiner Phantasie zu Gebote stehende Weise, Alarm schlagen. Beim Anblick so einer kleinen Koksbrigade fiel ihm nichts anderes ein als Papierschnitzel über das WIG-Gelände zu verstreuen, was natürlich niemand in Zusammenhang mit der Ankunft von Koks und Kohle brachte, sodaß man ihm riet, er möge sich besser wieder in seine Wälder zurückziehen. Dort sei er seinen Obliegenheiten zur vollsten Zufriedenheit der Holzknechte, die größtenteils ledige Urenkel Kaiser Franz Josefs waren, nachgegangen, denen er in rauhen Winternächten wilde Geschichten über die kälteklirrenden Ausbrüche der Verzweiflung während der großen Koks- und Kohlenknappheit zu Wien erzählte.

Später führte er eine orientalische Buchhandlung, deren besondere Attraktion eine Bauchtänzerin aus Leipzig war.

Unseren Feuermelder zog es auf den Tanzboden einer obskuren Diskothek des amerikanischen Mittelwestens. Mit einer mäßig schönen Negresse, im Knopfloch ihres grünen Jackets steckte ein Sträußchen kleiner Abhörwanzen, legte er eine Raumschöpfung auf das Parkett, die nach oben von Fosbury Flop und unten von Krakowiak begrenzt war. In den geruhsameren Phasen, dem guten alten Boogie-Woogie-Schwung, meditierte die Afro-Amerikanerin aus Good Old Dixie über eine etwas ausgefallene Theorie des Furzens. Sie meinte ein Puh folge in seiner Geruchsbeschaffenheit stets den letzten unangenehmen persönlichen Odor-Eindrükken.

„Ha“, sagte der Feuermelder.

Verwirrt aber interessiert bat unser Feuermelder nach etwas mehr der Eröffnung.

„Look“, sagte sie, „ganz einfach, heute morgens war ich am Fischmarkt, also stinkt jeder Schas nach Fisch, right?“

„Jasso“, sagte der Feuermelder aufgeklärt.

Er geleitete die Dame an den Tisch ihrer lesbischen Freundin, eine aufgedonnerte weiße Schastacken, die das Kraushaar zusammenpackte und damit verschwand.

Unser Feuermelder setzte sich auf die vorhandene Ballustrade und schickte sich an, seinerseits Meditationen von den Mauern zu reißen. Eigensinnigerweise verlangte er von seinem dafür vorgesehenen Apparat die Hoffnung per se zu bedenken; dazu fiel ihm noch die Zeit und daraus das Moment ein. Phantasie und Denkkraft entließ er. Nach langem Hick und Hack verbuk er die drei Ingredienzen zu folgendem:

Die Hoffnung ist dem Menschen durchaus kein eingeborenes Moment, vielmehr ein höchst ungenaues und deshalb recht befriedigendes Zeitmaß, das sich bemüht die Zukunft in chronometrischen Begriff zu bekommen. Zum mexikanischen Torkeeper sagte er beim Verlassen des Lokals mangels anderer Legenden:

„Hasta la vista!"

Dann wanderte unser Feuermelder in die fränkische Jura, wo er die Marktfrau, schon ein wenig gealtert, auf einer birkenumstandenen Waldlichtung traf. Die Marktfrau führte einen kleinen Buben spazieren. „Der Kleine da heißt Andreas Beta Cortolezzis und wird einmal Marktpolizist werden."

„Und was wirst du?" fragte die Marktfrau.

„Feuermelder", sagte unser Feuermelder.

Eines Tages hatte ich, so wie meistens, keine blasse Ahnung, was ich schreiben sollte. Mir fehlte auch die Geduld irgendein Krampfgewebe zur Veredelung elendslang durch meine Krausbirne zu jagen. Putz Liacht, dachte ich, jetzt sauf ich mir einen Rausch an und dann wird man weitersehn.

Ich ging also in die Stadt und soff mir mit einer ganzen Brassband von Edelschweißern die Nacht um die Ohren.

Morgens um sieben Uhr saß ich in einem Frühcafe, die andern hatten den Kanal schon voll, was ich von mir noch immer nicht behaupten konnte. Allein wollt ich meine Besoffenheit allerdings nicht herumtragen. So setzte ich mich zu vier, aber schon ganz rauhen Vettern. Die Tschakln fingen an mich herumzuschubsen, hauten mir abwechselnd auf die Rübe und landeten einige mittlere Schwinger in meinem verdutzten Gesicht. Die Freunde hatten gleich gemerkt, daß ich auf einem masochistischen Trip war. Sie rissen mir im Dick & Doof-Stil die Knöpfe von meinem schönen Caritas-Zweireiher, aber mir war das alles recht; ja mehr noch, um dem Geschmeiß zu beweisen, was ich alles könne und aushalte, ließ ich mich draußen auf der Straße stocksteif wie eine Resopalplatte nach rückwärts fallen, daß ich mit voller Wäsche meinen Hinterkopf auf das Pflaster knallte.

„Sehr gut“, sagten die Brüder, „komm wir zeigen dir was.“ Fromm wie nach einem Elektroschock ließ ich mich zu einem kleinen Kellereingang führen, der sonst nur von Hausmeistern frequentiert, sie öffneten das Türl und enttäuschten keineswegs meine Erwartungen. Ein ambitionierter Tritt in meinen Hintern beförderte mich in ballistischer Eleganz auf einen Glanzkohlenhaufen.

Dort warf ich meinen Standarddenker wieder langsam an und dachte mir: Scheißjob, bis man da zu einer halbwegsn Story kommt.

KATELBACH MEMORIAL

In jener Zeit, als Alex-Boy aus Clockwork Orange die niederen Weihen empfing, und die Kinks ihren umwerfenden Schlager „Life is such a Durcheinander“ in Sägespäne hämmerten, saß ein junger Mann in leichten Sommerkleidern auf der Kellerstiege eines Hauses. Er öffnete erneut eine Flasche Bockbier. Leider war er nicht so gescheit, wie er aussah, somit ist es durchaus verständlich, daß er den Verdacht haben konnte, starke Rückenschmerzen zu haben. Er hieß Graf Karl von Karlsbad. Wie er zu sagen pflegte, bezeichnete er sich als anarchistischer Nasenbohrer. Seine Tante kam von links und schenkte ihm ein Paar braune Turnschuhe. Wortlos strich er sie über seine bloßen Füße. Die Tante begab sich an ihr Schreibpult, das aus ihrem Bücherschrank herauszuklappen war, in dem sie auch ihre Watte, obwohl schon lange jenseits des Klimakteriums, aus nicht ganz geheuren zur Revolte geneigten Gründen verstaut hielt.

Die Tante kehrte nach einigen Stunden angestrengter Korrespondenz zu Karli zurück. Die Anstrengungen galten zuvorderst den Anliegen der Legio Mariae, und in keinem Verhältnis den Gebresten ihrer dem Säuferwahn zustrebenden Familie. Säufer Karl saß noch immer auf der Stiege zum überflutenden Keller. Ab und zu starrte er verglotzten Auges auf seinen brauen Turnpatschen. „Eines versteh ich nicht“, wendet sie sich an den großen Buben, ohne jedoch etwa unangenehm mit spitzem Finger nach seiner Schulter zu tippen, „warum bedankst du dich nicht, warum nimmst du alles so wortlos hin?“ Sie geriet ins Stocken, was sie anhielt zu betonen, „wir wollen doch den Fluß der Rede nicht verachten!“

„Nein, natürlich nicht, wie können Sie überhaupt diese Möglichkeit coram homine erwägen?“ gab er der Tante wohldurchdacht zu bedenken; doch wie soll man sich für braune Sportschuhe, für die man keinerlei persönlichen Verwendungsbereich erspähen kann, so gab er sich beinahe unbedacht zu bedenken, herzlich bedanken? Der Tante wiederum, indem er auf eine andere prekäre Lage hinwies, gab er, nunmehr gänzlich unbedacht, zu bedenken, daß die vielen Pfunde Germ im Keller mit dem eingedrungenen Regenwasser zu Alkohol von Martini ähnlicher Qualität zusammengehen könnten. Mit einem leichten Schaudern, das die altüberkommende Ehrfurcht des halben Volkes vor einem gottbestimmten Idioten erkennen ließ, verzog sich die Tante schließlich aus der Dunstsphäre des schwer betrunkenen Charlies, der, da er von unversöhnlichen Verdauungsstörungen geplagt wurde, zum Geleut der Anverwandten einen gröblichen Furz aus seinem Gehäuse ließ, welcher die Tante endgültig zu ihrem Wattestau vertrieb.

Karl streifte die Turnschuhe wieder von seinen Füßen und torkelte barfuß über den Hof in den Kuhstall.

„Köbacülli zag ma dei Brust“, bat er eine junge Kuhdirne, die an einer Kuh, sie zu melken, saß. Ohne nennenswerte Gegenrede holte die Jungmagd ihre Hänger aus der Broderie ihres Dirndlmieders. Mit der einen Hand strich Karli über das Euter der Zenzi, der Kuh, mit der anderen kratzte er sich ohne Not am Kopf. Ein wenig Speichel troff auf seine Trommel, die er noch aus Kindheitstagen umgeschnallt hatte, und verursachte dort ein schönes Rhythmus Donk-Donk. Zu seiner nicht geringen Verwunderung, die allerdings gespielt war, bemerkte er einen Sprung in der Pupille der Jungfrau.

„Im Falle eines Falles, ... oha, was einem alles in den Sinn gelanget, aber freundlich, daß einem überhaupt noch etwas dorthin gelanget.“ „Aber Gnä Herr, das ist wieder so eine Redensart von dero Gnaden, abstraktes Denken erfordert eine glückliche Kindheit. Schaunzie, man bereitet den goldenen Mittelweg, indem man die Extreme verrückt."

„Hum, hum, sum, sum, da hat mir meine verunglückte Ikonolatrie wieder einen ausufernden Streich gespielt, den sie aber bitter bezahlen soll."

Durch die Intervention eines Max-Ernst-Digital-Barometers, der auf der Rückseite wie irgendetwas ausschaut, begab er sich im Sommer des letzten Jahres ins Musikzimmer. Unterm Arm trug er den Schornstein seines italienischen Palazzos, den brauchbaren Rest, den eine Erdbebenkatastrophe gütig genug war zu hinterlassen. Den Schornstein stellte er gedankenvoll in eine Ecke des Musikzimmers. Das ist jetzt, so ließ er denken, das erste Musikzimmer mit Schornstein in der Ecke. Er schaltete sein Weltfunkgerät mit einem Hammer ein. Kaum hatte er den Hammer nach dem Schornstein geworfen, als aus dem Radio Melodien aus der Blütezeit falschen Geldes erklangen. Als Resumee eines klaren Gedankens kroch Karl unter den bunt glitzernden Mayer-Konzertflügel. Dort zählte er dessen Füße so lang, bis er begriff, daß es drei sein müssen, damit das Klavier nicht wackeln kann. Damit dachte er genug über seinen Aufenthalt unter dem Piano erfaßt zu haben; gleichzeitig sonnte er sich in der Vorahnung, dereinst dergleichen nicht begreifen zu müssen. Freilich gestattete er sich im picaresquen Freiraum dieser Zutragung einem Impuls seiner Blase nachzugeben, nämlich sein Wasser, wie er da mehr liegt als steht, unters Piano zu schlagen. Dieser sicher mindere Teil seiner Leibessäfte beanspruchte unter dem Musikinstrument eine Fläche, die im Maßstab 1 : 500.000 dem geteilten Deutschland, bis auf einige Gleichgültigkeiten, aufs Haar zu gleichen schien. Da lag er nun in seiner Seiche und wunderte sich über die kartenstecherischen Talente seiner Pisse. Die Tante besah sich die Bescherung und entschied kurz und bündig:

„Korl, du mußt hinaus ins Leben!"

Karli verkaufte seine irdische Seligkeit als Erzkumpel an die Alpine Montangesellschaft für einen Mercedes 280 CD. Es war ihm alles so gleichgültig geworden, daß er sogar fleißig wurde. Den schönen Polyzylinder fuhr sein Freund mit Verve und Entschlossenheit an einen Laternenpfahl des Vergnügungsviertels von Mekka. Zu Karl, der dem linksgesteuerten Fahrzeug durch den geborstenen Auspuff entstieg, sagte er frohgemut: „Herr Graf, ich schulde dir ein Auto".

Die Tante, die den an allen Rippen gebrochenen Karl von Karlsbad aus dem Saudiarabischen Unfallkrankenhaus rechts der Kaaba nach Wundsiedl heimflog, übernahm seine Genesung in eigene Regie. Sie ließ Doktor Barnard aus Kapstadt kommen und die freigräflichen, total zerbröselten Rippen, durch die begnadeten Hände des Okuliergenies aus dem Brustkorb einer auf dem gräflichen Freigelaß verreckten Ziege ersetzen. Karl war auch bald wieder fit. Er besorgte sich ein Paar Fußballschuhe, mit denen er nun, falls es notwendig wurde, noch schneller ins Kino joppelte als früher.

In der gotischen Wallfahrtspagode Strazinola, die Karl zur Abstattung seines Dankes für rasche Restauration seiner ramponierten Sterblichkeit als zeitweiligen Aufenthalt erwählte, entdeckte er die abendländische Form des Yoga, als er kurzschloß, wie die Prodlimer zu St. Pankratzn ihre Prana Rama mit unentwegtem Niederknien sowie beträchtlich jammernd-jeierndem ave-o weh-umi vor den Votivtafeln und anderen Sanktuarien besorgten. Alsdann fuhr er mit einem gestohlenen Invalidenfahrzeug zu einer Konditorei am Saume der Bundesstraße 17, wo er der einsamen Kellnerin beim Einheizen des Kasperlofens mit beiden Händen zugleich unter ihren bunten Schottenrock griff. Danach beobachtete er zur eigenen Verblüffung wie er mit einem randvoll gefüllten Aschenbecher, der durch die Aufschrift „Kleinoscheg-Sekte" leichter als der selbe erkannt werden konnte, in den Hauptfluß der Steiermark sprang.

„Geht's dir gut", fragte ihn die Tante gelegentlich seiner Bergung, die sich ungewöhnlich präzise abspulte.

„Habe ich vergessen, liebe Tante, aber ich möchte gern ins Kino gehen, schenk mir ein bißchen Währung, ein paar Münzen!"

Karli fuhr mit der Untergrund zum Gemeindeamt, das nicht nur unweit vom Westendkino gelegen war, sondern am anderen Ende der Metropole. Vom Gemeindeamt peitschte er sich, seinen Handzeichen ohne jede ungerechtfertigte Verzögerung getreulich folgend, quer durch Schrebergärten, die im Frühling standen, Fabrikshöfe, Friedhöfe, Imbißstuben, Leichenhallen, Verwaltungs- und Vergnügungszentren, Leichenhallen, Imbißstuben, Friedhöfe, Gasthöfe, Fabrikshöfe, Schrebergärten, die dem Herbst entgegendämmerten, durch das Puntigamer Brauereibad, wo er den alten Spitalshit „Raunzie" am Rande des Bassins zu Ende hörte, zum Westendkino.

Der Kinobesitzer hatte den Streifen „Wenn Katelbach kommt" von Roman Polanski auf das Programm gesetzt. Der berühmte Polacke hatte für dieses Opus bei einer Berlinale der späten sechziger Jahre zur Belohnung einen Goldenen Bären erhalten.

Aber anstatt eine Eintrittskarte für die Spätvorstellung zu erwerben, doubelte Karli einen Nervenzusammenbruch. Diesen gefälschten Höhepunkt einer persönlichen Krisis versuchte eine Billeteuse mit bauxitrotem Haar sowie tadellosen Gesichtszügen in salzlosen Tränen zu ersäufen.

„Wie heißt deine Tochter", fragte ihn die Lady.

„Otto."

Die letzten Sequenzen des Films brachten als Spezialität den Hauses den natürlichen Tod einer siebenjährigen Ballettratte.

Nach der Vorstellung traf Graf Karl seinen alten Freund aus Mekka vor dem Kino. Der alte Freund aus Mekka war gerade darin verstrickt, eine Coppi-Zehngangschaltung vom Hinterrad seines rechtmäßigen Besitzers recht unrechtmäßig zu entfernen.

„Was'n Schicksal", sagte der alte Freund aus Mekka, „wenn wir damals in Auckland uns gegenseitig umgebracht hätten, träfen wir einander nicht mehr auf offener Straße, ein herzliches Gespräch vom Zaun zu brechen."

„So ist es", zitierte Karl von Karlsbad, „ich mußte in letzter Zeit innewerden, daß ich sowenig friß, dagegen soviel sauf', daß ich meine Scheiße mit der eigenen Schiffe herunterspülen kann."

Interessiert erkundigte sich der alte Freund aus Mekka nach der Marke des WC-Modells, sei es etwa Elephant Schund.

„Nein, nein", versicherte Graf Karlsbad, „diese Vorgänge haben mir jedoch allerhand profunde Rätsel aufgegeben, und ich bin durch diese hindurch zu der Überzeugung gelangt, daß nur die Scheiße Eigenschaften beanspruchen kann, die unzweifelhaft als absolut angesprochen werden dürfen, da keine unsterbliche Seele auf dem ganzen Erdengrund eine Aberration aus dem weltweiten Consensus der Begreifung ihrer Qualitäten für weltklug hält. Vielmehr gilt auch eine hauchdünne Deviation von der eingeborenen Haltung gegenüber erwähntem Gegenstand als sicheres Zeichen für einen Dachschaden." Der alte Freund aus Mekka konnte darauf gar nichts antworten, da er, das Seine im Kopf, geduldig das letzte Wort des Grafen auf seiner Gesprächsseite abgewartet hatte.

„Dachschaden", darauf baute er nun die Fortsetzung der Konvention, in hier der Konversation, „apropos, stell dir vor, tritt einer an dich heran, nach dem er, ungesund genug, vor sich hingezweifelt hat, ob der Grundlsee bodenlos sei, und ficht dich an: ‚Was sagen Sie als Dachdecker dazu?' Natürlich", so fuhr der alte Freund aus Mekka fort, der nebenbei auch Standeskollege, denn er war Graf von Australien, „natürlich weißt du nichts Geistvolles zum besten zu geben, gibst du aber, Sie haben einen Dachschaden, zum besten, fallen dir jedmögliche Trümpfe gesellschaftlichen Verkehrs in den Schoß!"

„Neulich wandelte ich zu Anbruch der Nacht", so angesetzt, war der alte Freund aus Mekka in voller Fahrt, dem Grafen die Gedärme aus dem Leib zu reden, „mit meiner Freundin Schatzi durch Paris, plötzlich raunte Schatzi: ‚Ich rieche Leichen', was soll ich dir sagen, zwei Schritte weiter und wir standen vor den Mauern des Zentralfriedhofes. Phantastisch, nichwa! Eine andere vortreffliche Episode meines metalogischen Füllhorns sammelte ich in München, einer Stadt, so reich an Leben, daß die reine Entsagung davon dich zum Lebemann stempelt. Wie ich eben zu sagen mich entfaltete, ging ich nachmittags durch eine Geschäftsstraße. Ein kleines Mädchen bat mich, ihr die Zeit zu sagen; ich sagte ihm, sie nicht zu wissen, da ich mich, wie viele Zeitgenossen, für sie nicht interessiere. ‚Macht nichts', sagte es, ‚ist nicht so wichtig', aber dann begehrte das außergewöhnlich rotlippige Mädchen eine Deutschmark, um sich irgendetwas zu kaufen. Ich tat sofort eine Andeutung der Handbewegung, welche mich als Kenner der Bibelstelle ‚und wenn ihr nicht werdet wie die Kinder . . .' im Ansatz erkennen ließ, ehe ich überlegte, wie ich das Kind schmutzigeren Tiefen meines Gedankenstroms zuführen könnte. Das kleine herzige Mädchen mit dem überaus bleichen Gesicht und den scharlachroten, etwas aufgequollenen Lippen rief erneut zur Spendierung der Mark auf, indessen fiel mein Blick auf ein Emailschild, das ‚Dr. Alfred Schellewald, prakt. Arzt, keine Kassen, Ord. Di.-Do.-, 4—5 Uhr‘ vermeldete. ‚O.k.‘, du bekommst die Mark, ich habe Glück gehabt.‘ ‚Wieso?‘ fragte das Kind verwirrt. Ich hatte nämlich meinen Vater gefunden, den ich im Taumel der Ereignisse bei meiner Taufe verloren hatte.“

„Ja, ja, der Unlustigste ist am lustigsten allein.“ Der Graf schaute dem alten Freund verlegen in die Augen. Damit konnte das herzliche Gespräch auf der Straße unter nachtblauem Himmel, der uniform dem Rest der Gegend der planmäßigen Herbstsaison zustrebte, für mehr oder weniger beendet gelten.

*

Die Masturbationsphantasien des Lieblingssekretärs der Grandma Moses bewegten sich während der kalten Jahreszeit um eine Lady im Bürgerinnenkleid, die er beständig bei gerafften Röcken von hinten packte, wobei zu klären war, welchen Slip die Lady nun tragen würde. Am besten, so entschied er, würde sich wohl ein Gazehöschen eignen, das beim Griff nach der Möse die Frage, ob man noch den verpickten Gazefetzen oder schon den grimmigen Braunbären in der rasenden Hand hält, unbedeutend erscheinen ließe. Im weiteren würde sich das malträtierte Gewebe in Flinserln und Flantschgerln auflösen oder von einem tobenden Schwanz in die kochende Möse gespachtelt werden. Die Tätigkeit eines Privatsekretärs verhielt ihn aber dazu, die Zeit noch andersartig totzuschlagen. Zum Beispiel, in seinem Mundwerk, das ein bescheidener Zahnarzt einen rachitischen Kalksteinbruch nannte, fischte er sogar noch kurz vor dem Essen nach Resten der Fischlaiberln, die die alte Frau Moses nach Rezepten ihrer malerisch noch unbegabten Vorfahren so himmlisch zuzubereiten wußte. Eine Spur bizarrer ging es zu, wenn er mit einem Plastiklineal Schweiß und Dreck von seiner Stirne schabte. Den geernteten Mix führte er zu pervers gezinkter Betrachtung seinem Gesichtsorgane zu.

Ertappte ihn die Großmutter bei solch abstruser Verrichtung, so hielt sie ihm keine langen Reden, sondern schickte ihn einkaufen. Er aber ging in Museen und Bildergalerien, nicht etwa weil er ein kunstsinniger Mensch war, wie man es von ihm erhoffen durfte, nicht etwa weil er in den Aussagen, Botschaften, Mitteilungen, der Hintanhaltung solcher eines Künstlers, eine Aufbesserung seines reduzierten Lebens zu finden hoffte, viel eher erfreute er sich des, seinem Verständnis brachen Lebens, das von dem ihm sonst unzugänglichen bildnerischen Gebaren an den Wänden mitunter wie ein linder Föhn auf ihn überging. Die Großmutter indes steckte eine Kornrade auf ihren verwelkten Sombrero und richtete ihren altersschwachen Augenstrahl hinauf ins blauweiße Gewölk ihres barocken Plafonds, der den Intentionen seines Erbauers (auch sehr komisch) minutiös folgend, den Sitz des Allmächtigen spätestens im nächsten Stockwerk erahnen ließ. Sie hielt dem Herrn beredte Klage über Verhältnisse, die er ausbildungsbedingt schon längst kannte.

Ihr kleiner Liebling hat sich in seinem Nebenberuf als Kassierer der Studentendiskothek „Pro Patria" einem Peace Misch unterzogen, vor welchem ihn der sicherlich reich finanzbewährte Graf Karlsbad um den Eintrittsobulus prellen wollte. Weitausholend erklärte ihm der Graf die Wahrscheinlichkeit, sein zweites und noch besseres Ich zu sein, das er doch um Gottes Christi Willen nicht um Entree belangen wird. Aus einer Folge von recht langweiligen Pros & Contras ging der Sekretär bereit zum Kampf hervor, in des Verlauf der Adelsmann das Victory-Signum des nun längst verfaulten Mr. Churchills, das von den Amateur- und Profipeaceniks zur Dekoration ihrer Handteller verwendet wird, in einer Louis de Funes abgeschauten Weise gebrauchte und so dem Sekretär mit karategestähltem V aus Index und Medius die Modebrillen aus Hongkong durchlöcherte. Gegen Ende ihrer Kräfte, ca. 30 Sec. nach Entfaltung ihrer Kräfte, bot ihm der Graf sicherheitshalber die Friedenshand, die der nebenberuflich so stark Angehängte aus ähnlich gepölzter Trassenführung seiner Überlegungen eigentlich ohne Zaudern annahm.

Karl lud ihn ein, eine Predigt abzuhorchen, die

er bald in einer nahen konfessionslosen Kirche halten werde.

Erschöpft und am Sande lauschte der Sekretär, Angehöriger einer skeptischen Generation, was jener Tepp zu sagen hatte.

„Popcamerados, Desperados, Muchachos né latini. Brüder und Schwestern in unserer konfessionslosen Übereinstimmung, ich sehe vor meinem geistigen Auge auch einige, die nicht glauben, sondern überzeugt sind, ich spinne, denen rufe ich zu, wenn ihnen mein So-Sein ihr Selbstverständnis leichter ermöglicht, so will ich gerne auf diese Weise beitragen. Wir sind alle Gefangene unseres Intellekts, und es ist eine Sache des Vertrauens in diesen, wie sehr wir uns darüber aufregen. Das ist ein klares Dilemma und in England haben sie noch immer Linksverkehr! Hail & Adieu!!"

*

An einem anderen Ort, zu anderer Zeit, aber bei gleichem Wetter biß sich der böse Wolf aus Versehen in seine Vorderpfote, darüber geriet er verflixt so ins Lachen, daß seine goldenen Zähne gefährlich in der Sonne blitzten. Rotkäppchen spazierte daher. Aus purem Schreck überließ sie ihm ihren Schlafsack, den sie auf ihren Märschen stets bei sich hatte. Ede kroch in den Us-Army sleeping bag und leckte tief in Gedanken seine Blessur. Wodurch Rotkäppchen ungehindert sich des Aufenthalts bei seiner Großmutter erfreuen konnte.

*

Ein fahles Grinsen rieselt über Face von Graf, der sich aus dem Schatten eines Kastanienbaumes löste, und er hat nichts, und er kann nichts, und will nichts, und er mag nichts, er scheißt auf die Hilfszeitwörter, manchmal sah er sein Leben wie einen Haufen zerbröseltes Styropor vor einer Tabaktrafik. Aber jetzt steht er auf Rollschuhen und hofft, daß ihn irgendjemand zum nächsten Flughafen schieben werde. Als Passagier verkleidet flog er mit einer der größten Luftfahrtgesellschaften des Vereinigten Europäischen Wirtschaftsgiganten nach Bangkok.

Anläßlich seiner Ankunft in Südostasien sei aus

der Vielfalt, die seine ihm verpflichtete Sensorenschaft registrierte, per Zufall herausgenommen, daß er beim Anblick einer kupferhärenen Bäuerin, die ein TV-Set unermüdlich um einen Affenbrotbaum schleppte, launigerweise die erste Absicht leichtfertig bedachte, sich für die Kleinschreibung zu verwenden. Der Graf von Karlsbad wurde sogar über kurz mit der Bäuerin bekannt, ehe sie sich einem Manne von der Kapitulistischen Partei anschloß, dem seine Mutter mit texanischer Zähheit nicht müde wurde zu versichern, daß er sowieso abbrennen werde. Karli kaufte ein Päckchen Peter Stuyvesant, 20 Camel und eine Schachtel Mopaba, aber der wahre Grund seiner Reise war es, sein Glück zu machen. Es war Fastenzeit in Bangkok, und da gab es natürlich eine ausreichende Zahl an Selbstbedienungsrestaurationen. Karl aber betrat eine deutsche Wirtschaft, die „Zum gemütlichen Alfred" hieß. Die Kellnerin sagte „Grüß Gott".

Karl sagte „Mach ich!"

Er bestellte einen Schweinebraten. Sowieso eine Vorgabe im Fernen Osten. Nach dem Essen ging er in den Wald spazieren und dachte an Shakespeare. Über International Soy & Lemon Trust verkaufte er seine Zuckerrübenbesitzungen im Burgenland an einen Zuckerrübenschieber aus dem finanzkräftigen Zillertal.

Aus der Flügeltür der Bank heraus sah er mit hyperbolischem Blick in die Mahagoniaugen einer plötzlich linksdrehenden Silhouette. Anstandshalber ließ er seine Aktentasche zu Boden fallen und stammelte: „I be in Bangkok".

Die Lady sagte mit ihrem Schwarzbeermund: „They don't speak". Sie zeigte ein Photo, das offenbar eine Champignonzucht abbildete.

„Hat Ihnen der Rauhreif gefallen?"

„Und überhaupt die Sinnlosigkeit des Krieges."

„Ich habe einen schlechten Charakter, ich bin ein Schwein, wollen wir eine Bootsfahrt thun?"

Warum nicht, dachte Schneewittchen.

In einem Taxi-Sampang glitten sie in der Abenddämmerung bei Mandarinenklang über die ruhigen Wasser jener rotzigen See des post war Mekong-Deltas.

„Wie findest du Leute, die Leserbriefe schreiben?"

„Ich glaube, die spinnen."
„Ich auch."
„Eigentlich ist es, wenn boys unter sich sind, viel unterhaltsamer."
„Yeah, komisch, da hast du recht."
„Willst du mit mir auf ein Schloß in Schottland ziehen?"
„Ja, warum nicht."
„Das weiß ich nicht."

Hanna Ehrlich, eine leidenschaftliche Aeronautin, erst kürzlich von den Papuas schimpflich aus dem Busch gejagt, hatte als gute Freundin des Karlsbaders spontan entschieden, die Liebesleut mit ihrem schwarzen Jumbo Jet, dem nämlichen von der Nevada-Venedig Brücke, nach Glasgow zu fliegen. In Rom gab es Zwischenlandung, obwohl dieses Riesenflugzeug natürlich jederzeit in der Lage ist, einen Non-Stop-Flight Bangkok-Glasgow in die Wolken zu legen. Bei idealem Wetter fuhr man in einer offenen Kalesche ins nächste Sheraton.

„Was kostet ein Luxus Ibn Reza Appartment?"
„300.000 Diriliri, Euer Mogul."
„Viel zu billig."
„Aber gnä Herr!"
„Bass, bäng, ein Wort noch und ich kauf die Bruchbude auf."
„Verzeihung, Euer Krösus, 600.000 ... Dollasi, naturalimente."
„Na, warum net glei."

In einem weitläufigen, also mindestens sechszimmerigen Wach- und Schlafkombinat im letzten Stockwerk, störungsfreier Empfang von Radio Caroline, verbrachte die Reisegesellschaft eine ruhige Nacht, ehe sie wieder des Morgens mittels Semsikk, dem Lebenskünstler, weiter Direktion Glasgows flogen.

In Glasgow, der Heimatstadt der am Kontinent so gefürchteten Rangers, war bald durch flottes Hin und Her einer sauberen Maklerfirma ein vakantes schottisches Schloß mit garantiert echt verwildertem Naturpark erstanden.

Am Tag ihres Einzuges schmausten Graf und Gräfin Yoghurt und Bananen. Der Winter legte sich übers Land.

Der Graf schaute durch sein Fernrohr abwechselnd in das unauslotbare Sternenzelt und in die Weiten des schottischen Hochlandes, wo sich bisweilen ein magerer Wolf eines seiner Schafe zum Abendessen holte. Die Gräfin erwartete an ihrem Spinnrocken sehnsüchtig den Frühling, der ihr erlauben sollte, neue Leben zum Sprießen zu bringen, das Weben und Wabbern tragischen Nonsenses authentisch zu erleben.

Am Tage der unschuldigen Kinder widerfuhr den beiden ein schweres Zerwürfnis, das seinen Grund, wie scheint's jede Differenz der armen Menschenkinder, aus einem Mißverständnis schöpfte. Als die beiden des Abends vor dem Kamin saßen, um gemeinschaftlich in das flackernde Spiel des Feuers zu starren, überkam es die Gräfin, das Glück ihres Herzens dem Grafen via veristisches Schmunzeln mitzuteilen, unglücklicherweise wollte es das Schicksal, die Schatten des Flammenspiels auf dem seit eh und je freundlich gemeißelten Gesicht der Gräfin so zu arrangieren, daß dem Grafen eine keifende Fratze entgegenblickte. Kenner der schottischen Landschaft und des augenblicklichen Standes dieser Erzählung werden verstehen, daß Schottland und diese Story dem Grafen eine Sensitivität, ja Idiosynkrasie bescherten, die ihn ungefähr nach fünf Minuten angelegenster Bedachtnahme die Gräfin eine blöde Sau heißen ließ, und daß die Gräfin den Saal, eine Art Mehrzweckhalle (dining, smoking, thinking, fucking, brain- und bodybuilding) rittlings auf ihrem Spinnrocken in Richtung Kemenate verließ. Am nächsten Morgen sprachen einige japanische Perlentaucherinnen vor. Der Graf und Schirmherr des Gruschensalz war nämlich in geschäftliche Verbindung mit einigen japanischen Reisebüros getreten, welche ihren Kunden die Besichtigung einer schottischen Schloßherrnfamilie als Top Attraktion ihrer preiswerten Offerte feilhielt. Es war sehr amüsant, denn die nip-nip girls verließen das Haus sehr bald und zwar durch die Senkgrube.

Bald danach gebar die Gräfin. Es war sehr sexy. Zum Dank dafür ließ der splendide Karlsbader den dörflichen Springbrunnen von Cochdoch, ihrem Kirchensprengel, verblüffend auch Kirchspiel genannt, durch eine Flutlichtanlage komplettieren — any is wild.

Obwohl Schneewittchen nun Mutter war, konnte sie keine Ruhe finden. Sie konnte nicht einmal dem gutgemeinten Rat folgen, des Augenblickes habhaft zu werden, da jeder dieser, sobald sie seiner habhaft werden möchte, in Dutzend Unteraugenblicke zerstäubt, und sie der totale Sand überkommt. Je weiter sie sich in ihrem Inneren von der Welt entfernte, desto näher geriet sie ihr in ihrem Äußeren.

Nun, einer dieser Morgen war grau, aber schön. Versonnen, gleichsam versponnen, schaute der Gruschen- und Glaubersalzpatron auf das Katzenkopfpflaster des Schloßhofes. Er tat dies, bloß irgendwohin zu schauen; seine Lider zu schließen, danach stand ihm nicht der Sinn. Der Grund dafür lag irgendwo in seinem rationalistischen Weltbett. Plötzlich registrierte seine Retina (ach hieße es doch Retzina) und die angeschlossene Sinnesphysiologie nicht mehr die amorphe Einlegearbeit aus Katzenköpfen, sondern Schneebitch, die bemüht war, die Schloßkatze Pfefferl mit einer schon sehr gebrochenen, aber noch einsatzfähigen, Blechschere von den Krallen ihrer Pfote zu entfernen. Das ist aber doch ein starkes Stück, es könnte Buddha sein, den sie, Absicht hin oder her, so doch lästerlich quälte. Er stürmte auf den Burg- oder Bergfried von Kaldogarnock Castle, seinen Werndl-Stutzen stieß er durch eine Schießscharte und machte dem hinterfotzigen Spuk ein donnerndes Ende, d. h. er erschoß die Katze.

Die Gräfin lauschte von Stund an jede ihrer hellen Minuten einem sentimentalen Sommerlied und schlummerte in ihren festumrissenen Erinnerungen an eine wunderbare Ferienzeit am Kaspisee. Das einzige, was sie in ihren reminiszenten Gedanken bedauerte, war der Umstand, der das Kaspische Meer keinen Süßwassersee sein ließ. Sie hatte damals eine eindrucksvolle Begegnung mit einem verwunschenen Prinzen. So recht kann sie auch jetzt noch nicht beurteilen, ob es ein Frosch aus der Levante oder ein Braunbär aus dem Kaukasus gewesen war, der ihre Memos heute noch mit Unklarheit bekleckst. Auf jeden Fall hat ihr der verwunschene Prinz, nachdem er sich erklärt hatte, in einer Cafeteria, zu der ein unmenschlich steiniger Weg führte, gestanden, daß er weder schreiben noch lesen könne. Gegen Ende der Ferien war Schneewittchen schwanger.

Das Baby liegt draußen in der Halle. Der besorgte Graf rennt in seinem verschmierten Mechanikerkittel wie ein wahnwitziger Werkmeister um die schottische Bauernkrippe, gerade so wie einst um seine langgestreckte Moto Guzzi am Karlauergürtel.

Als Einlage des gestischen Schreibens kam plötzlich Besuch. Falko Eikelsass, Public Relations Manager eines Mottenpulverkonzerns, Intimbenennung „El Monstre", da er zwecks Heranbildung eines exzentrischen Nimbus' junge Katzen gerne in Feuerwehrteichen ertränkte, augenblicklicher Gast auf Kaldogarnock Castle, schlug, einem persönlichen Einfall zu willfahren, eine Floßfahrt über den Marsotrych vor. Um möglichst in den Nahbereich eines harmonischen Klimas zu gelangen, sollten die einsichtsfähigen Ausflügler, also das Babykind nicht, noch zusätzlich auf einen Trip gehen; das wäre, wegen der Gravitationsgesetzlichkeit, der die Wasser des Marsotrych eben einmal gehorchten, eine höchst diametrale Unternehmung. Zur Vorsorge, falls die am Fluß vorbeiziehende Landschaft (umgekehrt wird ein Schuh daraus) ihren verwöhnten Ansprüchen nicht genügen sollten, nahmen die Day Trippers ein Portable-TV mit auf die Reise.

Wo die armen, einsamen, von Angst geschüttelten Fahrgäste bisweilen fürchteten, von den Eigentümlichkeiten ihrer Persönlichkeit durch die grünen Fluten des schottischen Wässerchens ins Ewige Leben geschickt zu werden. Das Exaltierte an dem Grafen trennte sich prophylaktisch von seinem Mageninhalt, unerwarteterweise war derselbe ausgesprochen malvengrün. Aus Anlehnungsfreude tat El Monstre dasselbe in Muranorot. Nun ja und sonst war auch allerhand los, zum Beispiel grüßte Bauer Joseph Pherstl gutgelaunt und mystisch begabt vom rechten Ufer. Der Vorzügliche, einst haben wir vor nachtschwarzen Gedanken unter einer Glasplatte Schutz gefunden, gab sich hier, umgeben von lyrischer Landschaft, den Freuden einer Besinnungspause hin, hier an den schönen Ufern eines Flusses, der sich unter anderem eine Klamm hindurchzwängt, die Große Not geheißen wird. El Monstre befand ununterbrochen alles als Baustelle. „Schoits in Fernseha ei!"

Das Babykind schlief einstweilen in den Armen El Monstres. Das Misch-Masch von Jubilee-Jamboree-Quickem und diphterieverdächtigem Röcheln verstummte die leibliche Mutter durch Gebung der

Brust. Während dieser Verrichtung hielt der Graf, so schlicht es ging, die Hand der Gräfin, die El Monstre mit schmachtendem Blick über die Bedeutsamkeit dieser Intimität aufzuklären versuchte. Wenn El Monstre über kurz oder lang, das sei hier nicht entschieden, in den Fluß sprang, so kann das nicht exklusiv als eine Reaktion auf den Aufklärungsversuch der Gräfin verstanden werden. Vorsichtig sollte das bloß als eine der unzählbaren Möglichkeiten aufgefaßt werden, die das bestimmt nicht unterentwickelte Monster veranlassen könnten, ins Wasser zu springen und sich dort wie ein besoffener Schneekristall zu gebärden. Karla rief ihm zu, ob er tanze?

„Sowieso", antwortete El Monstre, sobald ihm die tosenden Wasser dazu Gelegenheit gaben. Er entfesselte im grünen Wasser eine Traumgrenzen überschreitende Wasserschlacht mit den Requisiten, die seine Wachträume noch im Schlafe fortsetzten. Zum ersten schleuderte er einen Zyklopen, der zum zweiten seine Mama vergeblich zu schwängern versuchte, zum dritten auf den Rücken eines gemütskranken Dobermanns, der mir nix dir nix mit seiner Fracht ein Abbild saturnisch-tragischen Lebensgefühl vermittelte, id est, er verschwand im Unterholz, zum vierten versuchte er mit elementarer Anstrengung, sich unterm Schulterblatt manu propia zu kratzen. Es gelang ihm auch, nicht durch ein Wunder, sondern durch einen Fehler der Unfallchirurgen zu Meidling vor Wien. Schließlich hievte er sich wieder aufs Floß und begehrte mit verdächtigem Blick aufs Baby Labung, Ham Ham, Tschappi. Und jetzt wirds endgültig abseitig. Die ausgekochten Falotten schlachteten das Baby und es schmeckte ihnen gebraten. Während des Essens wurden unwirkliche Reden gehalten. Nach dem Essen weinte die Mama und ward von tiefer Trauer erfüllt, die verursacht und der abgeholfen von ein und derselben bodenlosen Reflexion, sie schließlich das Geschirr im Marsotrych wusch. Zur weiteren Irritation stellten sie einander unter vorgehaltener Hand die Frage, was sie davon abhalte, sich wechselseitig zu füsilieren. Zur Antwort gab einer dem anderen eine äußerst verlegene, sodaß der von dem dann wußte, was er zu halten habe.

Das Ende der gemeinsamen Reise fand ebenfalls

in Schottland statt. Genauer gesagt im Forth of Seith. Noch genauer gesagt in einem typischen Landgasthaus schottischer Provenienz, das hoch über dem stillen Fjord gelegen, bei entsprechender Mondbeleuchtung immerhin einen gespenstischen Eindruck dem einsamen oder betrunkenen Pilgrim vermitteln mochte. Wir sind alle nur Wanderer. Der Karlsbader und seine Partie verließen das Wirtshaus in einer tollen Stimmung, die ihnen die Fähigkeit verlieh, einfach alles zu lieben, was die Fähigkeit aufbrachte, ihr bereits sehr verrammeltes Sensuativum aufzusuchen, und das war nicht mehr sehr viel.

El Monstre fuhr mit dem Nachtschnellzug über Ostende, Bischofshofen, Amstetten nach Wien, allein und mit der Absicht, dort den Dummen zu spielen. Die Karlsbader fuhren mit einem Dampfschlitten nach ihrem Wohnsitz. Wo schon der Privatsekretär mit irrem Adamsapfel und entlaufen der Grandma auf den höchsten Zinnen der Ankunft der Ausflügler entgegenzitterte. Dem Kastellan hatte er vergeblich erklärt, daß in Schottland nichts mehr los sei. Derselbe, ein Kind von Traurigkeit, das stets nur in D-Moll neun plus elf minus sprach, zog sich wieder in seine Kellerwohnung zurück.

„Ja, servus, lieber Graf Sekretär!“ lautete das recht synchrone Gemisch von An- und Anrede, das die beiden nach dem unmittelbaren Erkennen zum gegenseitigen Gebrauch in die Luft hängten. Müde wie alle waren, wurde einmal ordentlich abgepfiffen.

Der nächste Morgen war grau, aber schön. Auf den Frühstückstisch legte der Privatsekretär zur Rechten der Kaffeeschale eine Verkaufsquittung, ausgestellt von der Tate Gallery, und zur Linken eine Pistole, hergestellt von der Firma Lueger, Wisconsin.

„Freunde“, hob er feierlich an, „wir haben der Tate Gallery einen Zyklus über ‚ein Hund kam in die Küche‘ aus der Hand der Mrs. Moses verkauft.“ Der Zeigefinger seiner Linken strahlte nach dem Papier. „Aber liebe Leute, den Zyklus gibt es nicht. Ich habe nun die weite Reise zu Euch herauf in den rauhen Norden der britischen Inselgruppe vornehmlich deswegen getan, Euer Baby zu kidnappen.“ Der Zeigefinger seiner Rechten strahlte nach der Pistole. „Das Geld entfiel mir, als ich eine Hängebrücke über einen der berühmten nordamerikanischen Canyons zu Fuß ging, ich hatte eine Stinkwut im Bauch, bzw. im gesamten Verdauungstrakt. Es ist doch nichts zu blöd auf dieser Welt."

„Trotzdem, armer Privatsekretär", bedeutete Schneewittchen und breitete ihre Arme offen aus, „eine Entführung ist nicht drinnen, weil wir unser Kind verschmaust haben."

„So arm seid Ihr schon, nichts mehr zum ...", er machte das Zeichen, mit dem Karl Valentin berühmt wurde, als er Hunger hatte.

„Ja, so arm", nickten der Graf und seine Frau beschämt.

Da nahm der Privatsekretär den Quittungszettel und die Pistole betrübt an sich und wanderte durch das Tal dem Meere zu.

Die Edelleute blickten Arm in Arm dem Wanderer von den höchsten Zinnen ihres Schlosses in den Rücken, der durch eine Einschaltung der Perspektive immer kleiner und immer kleiner wurde.

Ende

In diesem Zusammenhang ist Baldur Murschitz sehr beachtlich. Baldur Murschitz war ein junger Mann im Alter von 22 Jahren. Von Montag bis Freitag fuhr er mit seinem alten Puchroller zur Alma Mater, wo er Sportpädagogik und Geographie studierte. Kurz vor Sommer bewarb er sich um einen am schwarzen Brett des Turn- u. Sportinstituts ausgelobten Ferienjob als Bademeister des Freibades der Gemeinde Transegg, und was ihn sehr verwunderte, denn er hatte ebenso selten wie andere Leute Glück im Leben, er bekam den Job.

Seine Mutter, die eine Straßeßnkarte vom Touringklub konsultierte, beschrieb ihm den Ort nicht allzu fern der Universitätsstadt.

„Da fahrst du mitn Zug um 10 Uhr 27 nach Gleisdorf, dort nimmst du um 11 Uhr 15 den Bus nach Ilz, von dort mußt du noch eine gute Stunde zu Fuß gehen, dann bist du in Transegg, so hat's mir der Herr vom Reisebüro jedenfalls am Telefon gesagt."

Ein leiser Verdacht riet Baldur, sein Glück mit sanftem Zweifel zu belegen. Möglicherweise war Transegg der Ort, wo die Hunde mit dem Hintern bellten. Aber zornig fuhr er seine Mutter an:

„Ich bin erwachsen genug, um nach Transegg auf meine eigene Rechnung zu kommen."

Baldur liebte es, wenn Worte in ihrer ursprünglichen Bedeutung aus seinem Munde kamen.

„Ich fahre mit dem Fahrrad nach Transegg, es braucht bloß der Freilauf repariert zu werden."

„Gut", sagte die Mutter, „es ist ja dein Leben."

Nur stetes Streben führt im Leben zum Ziel, mit diesem Soll & Haben-Slogan im Tornister keuchte er Transegg entgegen und tatsächlich stand Baldur eines Nachmittags mit müden Wadln vor dem Bürgermeister von Transegg.

„Dos is gscheit, dassd scho do bist, Bua", sagte der frischgewählte Bürgermeister, er war Linkshänder, recht ungeschickt hielt er ihm die Rechte zum Gruß hin.

Der Job ließ sich ganz so an, wie Baldur sich die Bademeisterei vorgestellt hatte. Nur eine Besonderheit fiel aus dem üblichen Rahmen. Das Bad wurde von einer burgenländischen Maurerpartie errichtet beziehungsweise in das Erdreich gelassen. Nun, im Burgenland, das ist kein Geheimnis, das weiß jedes Kind, sitzen die größten Säufer westlich des Eisernen Vorhangs. Wenn man zum Beispiel freitags um 14 Uhr in eine burgenländische Ansiedlung gerät, so ist es geraten, nicht verwundert zu sein, wenn man bereits Dreiviertel der Männer und ein gut Teil der Frauen und Kinder vollfett antrifft. Aus eben dieser Gegend kamen die Maurer und vergaßen in ihrer schwerverdienten Unbekümmertheit, das Becken mit einem Abfluß zu versehen. Der Bürgermeister war ein einsichtiger Mann und meinte ganz richtig:

„Das kann einem jeden passieren."

Aber wie dem Übel abhelfen? Tja, der Bürgermeister wußte auch hier einen Ausweg. Und jene Bürger, die den Bürgermeister gewählt haben,

hauten diesen Bürgern, die wieder einmal klüger sein wollten, das Wahlgeheimnis wird in ländlichen Gegenden auf Grund herzlicher Verbundenheit leichter durchbrochen, mit einem bedeutsamen Augenaufschlag auf den Buckel.

„Dos muaß da Bodemoasta mochn, der muß as Bod olle Wochn aussaufn!“ Was für eine Gelegenheit wieder einmal einen Teppen hineinzulegen, der all ihre Schiffe, ihren Dreck, die ausgefallenen Haare saufen muß, abgesehen vom vielen Chlor und Kalk.

Und so geschah das nämliche: Jede Woche in der Nacht von Samstag auf Sonntag, während die Bevölkerung der kleinen Gemeinde eines Herzens rauschig wurde, während der Mond milde auf ihn herablächelte, während Baldur wohl dachte, das sind die allerkomischasten Ferien, die ich mir je ausgedacht (aha) habe, trank Baldur das entsetzliche Gschloda bis zur bitteren Neige.

Als der Sommer vorüber war, war auch Baldur ein anderer Mensch. Der viele Kalk, das viele Chlor, der viele Urinstein, die vielen Haare, der viele Dreck, das haut bekanntlich den größten Fellachen vom Dromedar.

Wenn ein Eisenbahnzug daherkam, wollte er partout nicht ausweichen, sodaß es wegen ihm wiederholt zu Entgleisungen kam. Einen Ausweg schaute er nicht mehr an. Er war ja so sensibel geworden. Auf der Post glaubte er immerzu Gasarbeiter zu treffen. Er fand, auch die britische Geduld habe Grenzen. Das Haus unter den Bäumen, welches ihm auf Rollschotter entgegenkam, betrat er nur bei Auflage neuer Krankenscheine. Er war von der Idee des Guten und des Bösen hypnotisiert. In den Monaten sprach er kein Wort. Eines Tages ging er in ein Gasthaus und schaute sich einen Fußballkick im TV an, dabei sprach er so viel von gerechten und ungerechten Elfmetern, von der unterhaltsamen Pausenmusik, von Beckenbauer, Mercedes, Müller und Opel, von den dynamischen Kameraeinstellungen, davon, daß in der Wochenschau alles noch viel besser aussehe; die übrigen Gäste ignorierten ihn einfach.

Dem Bezirksvorsteher für mentale Gesundheit wurde es allmählich zu bunt. Er zitierte Baldur vor seinen Schreibtisch und machte ihm klar, falls ihm in Bälde nichts Besseres einfiele, er sein Kraut

selber kochen könne. Das bedeutete, daß man dem Schicksal gewaltsam unter die Arme greifen werde, um dem Schicksal etwas mehr Schicksalhaftigkeit zu verleihen. Baldur klopfte dem Bezirksvorsteher bedächtig auf das wollhaarige Haupt und entfernte sich. Im Dunkeln, wenn ein Teerfaß an der Wand hängt, aus dem der Klumpen Teer sich langsam zu einem Riesentropfen formt, dann fühlt er sich wohl.

Einige blieben zwar auf der Strecke, aber die Züge verkehrten regelmäßig.

Manche Leute gehen im Regen gern spazieren. Wenn es regnet, geh ich gern ins Kino. So besuchten wir die Abendvorstellung des Bogdanovic-Films „Is was Doc?".

In diesem Film gibt es einige wunderbare Quittierungsszenen. Darunter verstehe ich den unerhört eleganten Abgang aus einer verhaßten Szene, die sich vornehmlich aus Arbeit zusammensetzt. Zum Beispiel der Mann, der plötzlich seine Schaufel wie altes Brauchtum von sich wandern läßt und absalutiert.

Nach der Vorstellung tranken wir noch einige Biere. Ich sollte um 23 Uhr meinen Dienst als Nachtportier eines feinen Hotels antreten. Mein Freund und ich waren aber schon ein wenig euphorisiert vom Bier und der tollen Slapstickorgie, besonders von den imponierenden Abgängen aus der Welt der Arbeit. Trotzdem trat ich unter Entschuldigungen um 24 Uhr meinen Dienst an.

Der Bruder-Sir war auf ein Abschiedsbier mitgekommen. In no time hatten wir meine Budl in eine Behelfsbar umfunktioniert. Einige Menschen gesellten sich zu uns. Das Milieu war erträglich. Nebenbei lief mein Job mit, der in der Nacht ja nicht besonders arg ist, mir aber schon ziemlich auf den Wecker ging.

Irgendwann wünschte ein Hotelgast, seine Rechnung zu begleichen. Die Rechnung machte ungefähr 270.– öS aus. Der Franke schob mir drei Hunderter herüber, die ich mit einem gewinnenden Lächeln und der Bemerkung „Stimmt schon" einzog; gegen meinen besoffenen Terror hatte er keine Chance.

Wir tschecherten so bis gegen drei Uhr, dann war close down. Die Portierloge war ein brillanter

Müllhaufen, zerbrochene Bierflaschen, Aschenbecher usw., typischer After-Party-Dreck. So jetzt kommts. Ich versperrte die Kasse, nahm meinen speckigen Burberry und ging geradewegs durchs Hauptportal in die Morgenluft. Mit einem Taxi fuhr ich nach Hause, wo ich zwei Tage w.o. gab.

Natürlich wurde die He eingeschalten. Zerbrochene Bierflaschen, verschwundener Portier, sehr bedenklich. Zur Aufklärung der Sachlage folgte ich einer Vorladung der Gruppe Trakl, die mich nach dem Motiv meiner plötzlichen Arbeitsflucht befragte. Ich gab zur Antwort, ich hätte am Vorabend einen Film gesehen, der mich dazu angeregt habe. Worauf der Schreibmaschinenkollege ins Protokoll tippte: ... den Verführungen eines schädlichen Films erlegen ...

USW END COPY

Irgendwann mußte ich tagelang in der heißen Sonne herumliegen – es ging mir wie Mighty Indux Crazy Horse, bevor er in diese mörderischen Schlachten am Little Big Horn mit General Castorp verwickelt wurde – ehe ich endlich einen vernünftigen Gedanken fassen konnte. The Big Brainwave, irgendwer morste mir's rüber: wer zu blöd is zum teppert sein, der muß halt was lernen.

Der erste Film meines Lebens war ein Afrikafilm, deswegen kann ich auch so gut und begeistert von Afrika schreiben. Afrika, das ist halt schon eine Prägung. Mir hätte Schlimmeres passieren können, was müßte ich zusammenschmieren hätte ich irgendsoeinen Illusionskack wie Elvira Madigan gesehen. Anyway, gestern sorgte das Zusammentreffen allergrößter Sachschäden mit Millionenbeträgen für die prima Befindlichkeit meines leiblichen Wohls, so ging ich ins Kino, ich lebte ganz dem Vorsatz, einen Streifen ins Hirn zu kleben, den man etwas betroffen mit hochgradiger Trefflichkeit einen Volksknüller heißen kann.

Im Kino kam ich neben eine Dame zu sitzen, in der ich mich nicht zu täuschen wagte, damit ich endlich einmal neben F. Sagan sitze. Nach einigem Nachdenken, das ich trotz vorgegebener Gleichgültigkeit mit fieberhaftem Aufwand betrieb, kam aus meiner Erinnerung das todsichere Wissen: Die Sagan ist ja eine gestellte Person ganz prominent erotischer Delikatesse. Ich legte meine Grußhand auf ihr linkes rundliches Knie, und wie sie das in einem ihrer Bücher zugibt, gestattete sie dies auch. Vermutlich delektierte sie den magisch elektrischen Fluß, so voll Güte, Wärme und Besonnenheit, der an guten Tagen von meiner Hand auf Mensch und Kreatur überzufließen hat. Mehr als öfters hat mich ein dankbarer Augenaufschlag eines Bernhardiner- oder Wolfshundes über den Mesmerismus meiner Hand belehrt. An schlechten Tagen jedoch, besonders nach exzessivem Alkohol- und Drogenkonsum reißt's und fetzt's mich aber schon anderst, daß ich mir jüngst sogar ein ebenerdiges Bett ins Haus kommen ließ. Von der Decke des Vorführsaales fiel unverantwortlich genug etwas Verputz auf das Haupt der Sagan, aber sie teilte ihre Aufmerksamkeit nur zwischen dem Geschehen auf der Leinwand und dem Wirken meiner rechten Hand. Das schien mir ein gutes Zeichen. Der alte Fortschritt hatte wieder einmal einen guten Lift. Obendrein lief noch das Jahr der Ratte, ein gutes Jahr für Verbrechen. Leider esse ich sehr salzreich, so mußte ich aufstehen und hinausgehen um am Kinobuffet ein Fanta hinunterzustürzen.

In dem Audie Murphy Film stellte sich irgendein Ultra-Knacker dem Weltkrieg II-Helden als Ordinär vor; so hätten ihn seine Eltern, die Praktiker des großen Gedankenstornos, getauft, er nenne sich aber Bill Ordinär, zum Glück habe ihn der milde Tornadomacher in eine Gegend verschlagen, wo dieser Name als ruhmsüchtig gilt, und Ruhmsucht bedeutet den Halbaffen dieses Landstrichs mehr als die gleitende Arbeitszeit. Zum Namenstag brach der alte Knacker und sein gelber Sohn einer Flasche den Hals und rammten sie einander in den Bauch. Man sieht die Burschen waren ziemlich plem plem, jedoch mit Maß und Ziel. Wie es ihnen ging, war es zu langsam.

In geschlossener Front forderten die Linksalkoholiker den Nulltarif für 96%igen, so kabelte jedenfalls die Deutsche Depeschen Agentur durch die Gegend.

Schön langsam werden die Lazzi erläuterungsbedürftig. Warum gelingt mir nie ein ernster Satz? Der einzig ernste Satz, der mir zur Zeit durch die

Dunstglocke weht, stammt von einem Schreiberfreund und geht so: Thaler geht in die Stadt und kauft sich einen Anzug.

Wahrscheinlich produziert die innere Aufforderung, in Vergangenheitsformen zu schreiben, allein schon totalen Unernst, denn was gibt es Lächerlicheres als die Vergangenheit. Auch wird man es merkwürdig finden, warum ich nie über meine Mutter schreibe. Sie hat einen grünen Zahn.

Das Gasthaus gegenüber verließ ich spitzenfett und topbeschwingt. Hell is in hello. Ich fühlte Baggerkräfte in mir. Warum sollte ich nicht eine Straßenbahn über die sieben Berge zu den Zwergen bringen? Fit mach mit!

Bei einer Entmündigungsverhandlung wurde ich gefragt, was der Unterschied zwischen einem Zwerg und einem Kind sei; da ich dem Entmündigungsrichter weltoffenen Blicks anvertraute, beide seien gleich groß, entging ich dem drohenden Kuratel.

Die Zwerge freuten sich riesig über den neuen Gelenkswagen. Für gewöhnlich mache ich mir nichts aus Zwergen, aber den kleinen Männchen mit ihren Schnellfeuerhosen zuzuschauen, wie sie einer nach dem anderen ihre Geburtsurkunden und pubertären Gedichte zu putzigen Papierflieger falteten, ah, nix Besseres in der freien Welt.

In geschickter Eile errichteten die fabelhaften Handwerksleute aus den Materialbeständen eines ausgekohlten Goldflözes (die Kohlen waren weg) eine Achterbahn weltstädtischen Formats, über die ab nun das ehemalige öffentliche Verkehrsmittel zu fegen hatte. Mein jetziger Wohlstand stammte aus jener Zeit, als ich mich den Zwergen als Achterbahnkassier verdingte. Für jede Fahrt auf dieser kolossalen Anlage erhielt ich von so einem großzügigen Zwerg ein Nugget in die Hand gedrückt, vom Rausgeben war da natürlich keine Rede. Leider zerstritt ich mich vor der Zeit mit den Zwergerln, weil ich ihnen unverschuldet offen ins Gesicht behauptete: „Jeder Bettler ist ein Angeber". Woher ich diese Weisheit habe, kann ich heute selbst nicht sagen. Jedenfalls wurde ich auf der Stelle gefeuert.

Als ich nach Hause kam, hatten eine Entente Cordinale von Heuschrecken und Termiten die Nationalbank überfallen und alles Geld und Personal aufgefressen. Da war ich natürlich mit meinem Sack voll Gold dick da. In meinem Übermut gründete ich eine Versicherung gegen die staatliche Fernsehanstalt, die den Schwarzsehern bei Aufdeckung ihres Unterschleifs mit dem Entzug ihres Gerätes kam. Bei meiner Versicherung bezahlten die Schwarzseher jedoch nur einen Bruchteil der sündteuren Fernsehgebühren und würden bei Verlust ihres Gerätes mit einem neuen bedacht.

Bei einer mir vollkommen unbekannten Familie stand der Haussegen unglücklich schief. Ich bin mir nicht ganz gewiß, ob du tapferer Leser, Darling, Schundsitzer auch daran interessiert bist zu erfahren, wie ich davon erfuhr. Ich ziehe mich da lieber auf eine der zwei natürlichen Lösungen zurück und schweige davon. Der gegenständliche Wickel dürfte jedoch wahrscheinlich davon ausgegangen sein, daß die Mutter zu ihrem Sohne sagte: „Du bist nicht so hübsch, wie du glaubst“, der Vater, sein falscher Freund, dem Sohne bestätigte, daß die Mutter ihn zu recht durchschaue, und Vater sich ab nun Muttern nach Herzenslust in Sachen Gunst einverleiben könne. Der Knabe aber rannte nicht wie in solchen Fällen durchaus gegenwärtig mit blinden Fäusten in sämtlichen Verwaltungs- und Pfarrbezirken der Stadt herum, sondern trank Milch, saure und süße, in rauhen Mengen, bevor er sich anheischig stellte jeden Erreichbaren mit der Frage zu plagen, ob die betreffende Ausgabe heimischen Menschens mit ihm verwandt sei, wenn ja, dann möge er ihm helfen seine halblaunischen Gedanken an den Tod (International) und seine Folgen zu verscheuchen, am besten durch die augenblickliche Setzung einer Kinokarte. Dem Vater schmeckte die Suppe in der Mitte am besten, er meinte in der Mitte des Tellers.

In Las Vegas, wo es alle Leute vornehmer Aufdringlichkeit zu etwas Vernünftigem bringen, hat er sich im Verlauf seines erwachsenen Lebens an eine durchsichtige Glasfiberstatue Dante Alleghieris gelehnt und seine Schuhbänder verknüpft, welche Verrichtung er schon im Alter von zwei Jahren selbständig beherrschte.

Das Monument, davon war bis jetzt keine Rede, von den Gründern der Stadt, die ebenfalls italienischer Abstammung waren, errichtet, verdrehte deren großen Landsmann zu einem nach Mexiko blickenden Bankhalter, der von seinem Milieu mit allen Wassern gewaschen worden ist.

Die Menschen, alle begabt mit einem gewissen Echosinn, machen die stumpfsinnigsten Sachen, einige lassen sich aber wegen Nesselfieber entschuldigen.

In Chicago, glaub' ich, verließ mich meine Frau, fuchsteufelswild über meinen hartnäckigen Stockschnupfen. Sie heiratete einen Kollegen von der Technik. Ich nahm, wie mir gesagt wurde, eine Schwachsinnige zur Frau. Natürlich hatte die Sache einen Haken. Jedesmal, wann sie mir gestattete, mit ihr zu schlafen, mußte ich in ein von ihr selbst verfertigtes Babydress schlüpfen. Eia Popeia. Zum Dank biß sie mir eine Brustwarze ab, aber mein Begehren nach einer Invalidenrente ist noch nicht endgültig abgelehnt. Mit meinem blassen Gesicht und meinen Schweißfüßen erregte ich bei den zuständigen Behörden geziemendes Mitleid. Man hielt mich für einen erbarmungswürdig heruntergekommenen Levantiner. Immer wieder erklärte man mir bestimmt, aber wehleidig: „Sorry, nix Bakschisch, Vurschrift is Vuschrift". Um die treuen Diener bei Laune zu halten, erzählte ich ihnen von meinen früheren Erfolgen als Verwechslungskünstler. So sagte ich einen schönen Tages zu meiner Frau nach dem Mittagessen: „Jetzt bist du alt genug, geh' hinaus ins Leben und verdien' es dir selbst!" Fortan schlief ich mit meinem Sohn, der mir schon sehr viel Freude bereitet, wenn er abends auf der Veranda sitzt und gedankenverloren die Wasser eines grünen Bergsees auszuloten scheint. „Haha", lachte ein alter Amtsdiener, den ich trotz meiner tadellosen Manieren an etwas Peinliches erinnern mochte. „Alter Käse", erwiderte er, gab mir aber einen Zehner mit dem Rat, auf ein ordentliches Leben aus zu sein. Der Zehner sowie die schonungslose Korrektheit, mit der der alte Herr seinen Obliegenheiten oblag, beeindruckte mich, eine Lebensorganisierung nach der vom alten Aktendeckel angedeuteten Direktive in mehr als positive Erwägung zu ziehen. Das geriet mir insofern nicht allzu schwer, als bald danach mein vielgeliebter Sohne tot vom Fahrrad fiel. Ich hatte in dieser Folge von Augenblicken wirklich keine allzu große Lust auf irgendwelche Spompanadln. Still und mit hängenden Hamsterbacken setzte ich mich auf einen Ziegelhaufen und begann nach dem altbewährten Barregriffsystem ein Gitarrespiel zu erlernen. Aus der Miene und Aufführung meiner Umgebung konnte ich vollste Billigung meines Thuns und Treiben ablesen, sie schien sich zu sagen: „Es ist völlig in Ordnung, daß er spinnt, der arme Teufel, nachdem er nun bar seiner Lieben den dornenvollen Weg zum eigenen Tod allein und auf eigene Rechnung zu gehen hat."

Wie es eine dermaßen Lage der Dinge im allgemeinen zu fordern scheint, fuhr ich per Autostop nach Bangla Desh, wo sich ohnehin alles Leid dieser Welt zu versammeln gedachte. Es war dieser Trip eine beachtliche Leistung, hatte ich doch immerhin den Vierzger Wecken schon zur Hälfte angerissen. Ein altorientalisches Restaurant der provisorischen Hauptstadt dieses noch sehr jungen Staates beschäftigte meinen in Istanbul für das letzte Hemd erstandenen Cockerspaniel als Tellerwäscher. Wodurch für meinen Lebensunterhalt ausreichend gesorgt war. Ich selbst vertrieb mir die Zeit, meiner Geburt und Anlage folgend, an den Toren des Lahna Dani Tempels als europäischer Bettler. Was mir damals sehr mystisch erschien und als solches zu würdigen durchaus das Recht in Anspruch nahm, war das Faktum, daß meine Hände penetrant nach Lux Körperseife dufteten. Von Yuhu Mudjibur Yaha hatte ich erfahren, daß man eine Kuh nur dann melken könne, wenn sie Zitzen habe. Da ich einen matt störrischen Widerwillen gegen alle tiefsinnige Rechthaberei in mir herumtransportiere, stellte ich mich bewußtlos, wobei mir einfiel, daß in Europa die Zigarettenpreise wieder einmal schwer angezogen haben, wo diese Staaten bei ihrem delirischen Tango von einer Teuerung in die andere noch landen werden, davon hat er keine Ahnung, der Yuhu Yaha.

Man sagt, das Problem entsteht durch die Betrachtung, wie aber entsteht die Betrachtung? — Na klar, durch das Problem, darauf trinken wir einen!

Eine kleine Freundin, der ich über ein gerüttelt Maß an Jahren der Kälte meine glaubwürdigste Verehrung entgegenbrachte, überraschte ich gestern um fünf Uhr morgens mit einem überfallsartig verbrämten Besuch. Zur Begrüßung brachte sie mir verschmitzt zu Ohren, daß sie nunmehr keine Jungfer sei. Ein britischer Mordsittenstrolch habe ihr unter Androhung eines Finnendolches Folgen in einem eigens dafür präparierten Skylark auf der M six von London nach Manchester das Hymen zerfetzt. Wir beschlossen, einander nicht mehr zu sehen.

Der Mann, der so heftig von den guten Sitten abgewichen, saß in einem bequemen Fauteuil, die Beine überschlagen, studierte er ein Herrenmodejournal zum Preis von einem Pfund. Sein heller Anzug, aus teurem Tuch in Fischgrätmuster geschneidert, hob sich in angenehmen Kontrast von der dunklen Lederbespannung der immer wieder einladenden Sitzgelegenheit ab. Hin und wieder schlurfte er einen Earl Grey aus einem preziosen China Porzellan. Sein Schrank war voll davon. In der Schule war er einige Male sitzen geblieben. Das schwarze dichte Haar, peinlich zurückgekämmt, hinterließ überall in dem Drei-Zimmer-Luxus-Appartement sogar in dem ehemals wegen erdrückender Armut berüchtigten Londoner Stadtteil White Chappel höchst ekelhafte Spuren. Der Mann litt unter permanentem Haarausfall.

Das Telephon läutete. Er glitt in seine Pantinen und erhob sich etwas unangenehm durch die Nüstern schnaufend und so. Mit federndem Schritt, der elastisch gehaltene Parkettboden begünstigte soetwas, latschte er zum Telephonapparat, der auf einem Empiretischchen stand. Über dem Tischchen an der Wand hing ein immer mehr abdunkelndes Bild Montesquieus, der schon im 18. Jahrhundert kein besonderer Star war. Schwungvoll nahm er den Hörer zweckgebunden in die linke Hand und wünschte, wem auch immer am anderen Ende einen guten Morgen. Eine brünette Studentin, eine gute Bekannte vom Schwarzen Freitag, rief ihn an, um von ihm zu erbitten, sie in 20 Minuten vom Eislaufplatz abzuholen. Mehr sagte sie nicht, außer, daß ihr das ewige Herumdodln in einer Fahrtrichtung auf die werten Nerven gehe. Sie sagte wörtlich: „Meine werten Nerven". Der Mann sagte zu und legte auf. Dann setzte er sich wieder auf seinen Platz von vorher und kaute an seinen Nägeln. Er hörte aber damit auf, als er sich an das erinnerte, was ihm unlängst seine Tante mit entsprechenden Seitenblicken auf seine schmutzigen Ohren erzählt hatte, nämlich daß ein komplettes

Team von Chirurgen aus dem Magen eines kleinen Mädchens einen faustgroßen Knäuel von Fingernägeln entfernen mußte. Der Kuckuck der japanischen Kuckucksuhr sprang aus seinem Häuschen und schrie fünfmal nip nip, nip nip. Es war Zeit zum Aufbruch.

Der Mann verabschiedete sich von Montesquieu und fuhr mit dem Fahrstuhl in den Keller, wo sich sein präpariertes Fahrzeug befand. Unter aufrichtiger Beobachtung der Verkehrsvorschriften, in denen er einen obrigkeitlichen Auftrag zu einem bestimmten Sollen erkannte, gelangte der Mann mit dem ähnlich braunen Gesicht eines Pakistani pünktlich zur vereinbarten Stelle.

Zu umgehender Aufhellung: die Landbevölkerung sanktionierte die allgemeine Schulpflicht nur gegen die Einräumung des Privilegs, jährlich eine gewisse Menge Schnaps unbesteuert brennen zu dürfen, damit ein gewisses Äquivalent der Bildungsrichtungen gegeben war.

Die brünette Studentin kam in einen schäbigen Lammfellmantel gehüllt, aber ohne Schlittschuhe aus dem Foyer des Eisstadions.

„Wo hast du deine Jackson, die ich dir beim Einzug des heurigen Winters gekauft habe?“

„Ich habe“, sagte die Studentin, dann tat sie einen perfekt inszenierten Atemzug aus der bitterkalten Winterluft, „sie einem kleinen Sohn geschenkt, der seinem Vater schon viel Freude bereitete. Der Vater schreibt über uns.“

„Aha“, sagte der Mann gleichgültig.

„Das Bübchen verdient eine Menge Geld, indem es den Erwachsenen die Türe offenhält.“

„Woher weißt du das alles?“

„Ja, wenn man Eisschuhe verschenkt, erfährt man allerhand“, smile, „wohin fahren wir?“ fragte sie noch ganz gelöst und unschuldig, aber da schlug er ihr schon die Röcke hoch und sie ward die Seine im fließenden Verkehr. Wegen eines schweren Verkehrsunfalles mußten sie jedoch den besten Teil ihres Umgangs für zu Hause aufsparen. Trotzdem fuhren sie zuerst zum Kagerl Orangeneinkaufen.

Mit einem Kübel Saftorangen aus den Hainen der Umgebung Tel Avivs betrat das ungleiche Paar die sorgfältig aufgeräumte Dreizimmerwohnung in dem wegen seiner Noblesse hochgelobten Londoner

Stadtteil Chelsea, über welchen sogar Saul Bellow chauvinistische Gefühle hegte. Während die Studentin sich einige Gedanken über die Verzögerung ihres schweren Studiums machte, besorgte der Mann zweierlei. Ersteinmal setzte er den Teekessel auf den Herd, danach trat er auf seinen Balkon, den Kübel aus Tel Aviv in der Hand mit der fixen Absicht, die kernlosen Orangen auf den Kopf eines unliebsamen Mitmenschen aus Hemingway-Charakter zu werfen, der seinerseits auf dem ihm einberaumten Balkon unter dem des Mannes mit den brutalen Sitten, welch ein Zufall, die Anrufung des großen Orangengeistes besorgte.

So wird's wohl auch geschehen sein, als der Mann mit jener bekannt tonlosen Stimme, welche die Studentin bis zur Hörigkeit erschauern ließ, verkündete: „Jetzt wird ordentlich zu Bett gegangen, die Heizdecke ist schon eingeschaltet". Die Studentin ließ alle Hüllen fahren und verflüchtigte sich unter die Bettdecke. Der Mann schüttete den Tee in den Ausguß. Fröhlich grunzend betrat er das Schlafzimmer und gesellte sich einem uralten Instinkte folgend zu seiner Gefährtin. „Du Verschwender", gluckste die Studentin, als der Mann sie bis unter die Gurgel anfüllte. Ein Engel schwebte durch den Raum. Seine Berührung der beiden Erdenkinder bescherte uns zwei neue Eisheilige. Nach der Orgie nahmen die beiden ein Wechselbad.

Übrigens die Studentin wohnte ein Viertel ihres Lebens in einer Sauna bei einem Kampfrichter. Manchmal schwärmte der Richter davon, den Papst in Unterhosen ins Meer zu treiben und „eigenhändig" den Plünderungsbefehl auf den Vatikan zu geben. Unangenehm waren nur seine ständigen Lippengeräusche. Von seiner Frau wurde er auf eine einmalige Art getrennt. Dieselbe weigerte sich nämlich stur, ihre Hüllen vor ihm fallen zu lassen. Sie schloß sich dazu einfach im Badezimmer ein. Am Höhepunkt seines Zorns wurde ihm das zu komisch, er schoß in aller Eile mit seinem alten Armeerevolver durch die Badezimmertür nach seiner schamhaften Frau. Darauf nahm man ihm diese weg. Na da war das Leben traurig.

Als Flugsicherung kam er auf den Maskenball. Wie er das schaffte, war ganz seine Angelegenheit. Niemand kümmerte es. Man merkte ohnehin schon zehn Kilometer gegen den Tod, daß der Kerl kugelsicher war. Ein freigewordenes Heimchen empfahl abzuwarten, ob der Kamerad erstickt oder verblutet. Darauf entfaltete sich trotz der Ausgelassenheit, die so allenthalben in die verborgensten Winkeln der Veranstaltung kroch, eine spannende Diskussion über die Sinnlosigkeit der Brutalität. Der Koch kam aus der Küche gerannt und verlangte ein Sacktuch.

Das Gehör Washi Sawatasis kannte keine Grenzen. Voll Abscheu sagte er zum Koch: „Wenn sich alle versteckten, aber unsichtbar wären, bräuchten wir kein Glas zum Durchschauen". Der Koch war frappiert und bemäkelte seine Vorstellungen.

Einzigartig war an diesem Abend nur die verblüffende Saugfähigkeit der Tischtücher. In einer ersten Stellungnahme gab der Hersteller lediglich zu, in einem vagen Sinn religiös zu sein. Das konnte aber nicht darüber hinwegtäuschen, daß er von Stunde zu Stunde hübscher wurde. Seine Mitarbeiter trugen alle Steckkontakte in der Hosentasche. In Mariapfarr endet die Murtalbahn, mehr konnte nicht passieren. Sicher war nur, daß man den Mönch nie mehr einfangen konnte. Im landläufigen Sinn war er stolz darauf, daß seinetwegen der Nil umgeleitet wurde.

Immerhin ist es das Vorrecht der Jugend, am Abend zu kommen.

Als der Beruf des Rauchfangkehrers sich noch keiner Öffentlichkeit erfreute, galt der Köhler als Glücksbringer.

Apropos Samstag. Wenn man einen eigensinnigen Bleistift hernimmt, den Katzenkopf mit Mangan überzieht und zur Musikbox hinstellt, dann ist es das gleiche.

Mit den Cellophancallquirl war es auch weiterhin nichts. Eine große Zahl von Frauen stellte sich den Truppen aus dem einfachen Grund, weil sie krebskrank das Bett hüten mußte. Vielleicht auch, weil der behandelnde Arzt aus ihr einen anständigen Menschen destillieren wollte und die eigentlich schon lang ins Haus stehende Heilung mit den einfachsten Ausfällen von einer Woche in die andere verschob. Als ihm aber wirklich das pure Nichts an Ausflüchten aus der Hand geglitten, behauptete er, daß er sie leider nicht kurieren könne, weil er in der Schule bei Krebs gefehlt habe. Sie, die dumme Pute, war hinterhältig genug, das zu glauben.

„Meiner Meinung, Herr Doktor“, sagte sie, „will ich ja gar nicht gesund werden, mir genügt, lang und körperangepaßt in meinem Bett zu liegen und mit verträumten Augen durch meine Bauchdecke auf den Grund meiner Eingeweide zu blicken, dabei denke ich freundlich an den Hemingway Roman ‚Der kranke Zwitter und das Zimmer‘“.

Dem Doktor gelang es trotz dieses einfältigen Geredes über dieses entrückte Kind den Anlauf zu einem Lachanfall zu werfen. In seinem Heimatdorf, er kommt aus Bergen Halbsowild, der Pflegestätte eines prächtigen Perchtenlaufes, kandidierte sein Bruder, der jüngste von elf ehemaligen Täuflingen, für den Posten des Sheriffs. Er brauchte nichts dringender als die Unterstützung seines akademischen Blutsverwandten und der liegt hier in seiner Privatklinik mit einem lernschwachen Kind auf dem Fußboden. Was für ein Leben!

Das Bad mit dem Kinde auszuschütten wurde durch die Erfindung der Badewanne noch reizvoller.